KB126031

그리움의 흔적들

이근옥

그리움의 흔적들

초판 1쇄 발행 2023년 08월 15일

지 은 이 이근옥
발 행 인 권선복
편   집 권보송
디 자 인 서보미
전 자 책 서보미
발 행 처 도서출판 행복에너지
출판등록 제315-2011-000035호
주   소 (07679) 서울특별시 강서구 화곡로 232
전   화 010-3993-6277
팩   스 0303-0799-1560
홈페이지 www.happybook.or.kr
이 메 일 ksbdata@daum.net
값 17,000원
ISBN 979-11-92486-89-5 03810

이 근 옥 시 와 수 필

그리움의
흔적들

세월은 덧없이 흘러서 삶의 끝자락에 서 있듯 갈무리하는 늦가을 녘이다. 분주하던 내 삶의 사십 대, 오십대에는 무더운 날 나무그늘 아래 앉아 열기를 식히듯, 시와 수필로 삶을 성찰하며 성숙으로 향하는 시간이었다. 때론 휴식처럼 치유의 시간이기도 했다.

흐르는 시간 속에 이미 세상 뜨신 고맙고 감사한 사랑하는 친정 부모님, 시부모님이 함께 계셔 나의 든든한 울타리가 되어주셨고, 혈육인 나의 일곱 동기간들, 평생 동반자로 40여 년 우여곡절을 함께 겪어왔던 남편과 자손들, 시동기간들 그 외 가족들과 친구들 주변의 지인들까지, 지나온 내 삶에 위안이고 행복이었음을 눈물겹게 고맙고 감사한 마음 듬뿍 담아, 사랑의 말을 전하고 싶다.

지난 삶을 추억하며 다시 되돌리듯 사십, 오십 대에 기록처럼 써놓은 시와 수필을 활자화해 책으로 엮었다. 작품성이 아주 뛰어난 것도 아닌 개인적인 넋두리일 수도 있어, 오랜 망설임 끝에 누구 한 사람이라도 공감하며 읽어

봐 준다면, 그것으로 만족이라는 생각에 용기를 냈다. 부족한 글 바쁜 시간 내어 읽어 봐준다면, 나에 대한 관심과 사랑의 마음이라 여기며 거듭 감사할 것이다.

  지나온 내 삶에 가장 큰 아픔이고 충격이던 사건 하나는, 세 살 터울로 막내고모와 장조카로 함께 성장하여서 관심과 사랑의 마음이 컸던, 동생 같은 장조카 이양노 대령의 짧은 생의 마무리이다. 온 가족의 자부심이고 자랑이던, 십여 년의 세월이 흐른 지금은 이것도 조카의 운명이고 숙명이라 위안하여 보지만, 내 생이 끝나는 날까지 그 상흔은 내내 남을 것이라 생각된다. 작품 가운데 '시 - 동박새, 수필 - 슬픈 눈'은 조카를 그리며 쓴 글로, 부를 때마다 아픈 이름 이양노 대령의 명복을 빌며 영전에 바친다.

목차

隨筆
국화꽃 향기 되어

詩

가을

번지다

가을 번지다

한계령이 윗옷을 한 꺼풀씩 벗는다

햇살이 반석 위에 엉덩이 들이밀고 펑퍼짐히 자리 잡는다

단풍잎 하나 무릉골에 제 얼굴 비추다가

폭포수 아래로 다이빙한다

산천어 청정한 시간 빠져나와 꼬리지느러미 흔든다

울그락 불그락해진 하늘

굵은 빗줄기로 아우라지에서 익사한다

삼십칠 년을 달려온 구절리역

레일바이크 페달 힘차게 밟는다

억새꽃 풀어놓은 열차가

민둥산 구릉으로 구릉으로 빠져나간다

* 강원 무릉계곡 −정선 아우라지 − 민둥산

그리움의 흔적들

가을 새색시

뜰 가득 서성인다
갈바람 타고 한 무더기씩 피어나는 꽃
노랑 빨강 분홍
치맛자락 흔들며 불빛 환히 밝힌다
꺾일 듯 다시 일어선 시간들이 단단한 뿌리로 서있다
삼십여 년 전 나는 부끄럼 많은 가을 새색시였다

센 바람이 옷깃을 여민다
초겨울 찬바람에 향기 날아갈까
풍만한 항아리 하나 준비하여
색깔별로 조화롭게 가득 꽂는다
거실 한편에
푸근한 자리 하나 잡아 앉힌다
온 집안이 향기로 가득하다
손주의 얼굴이 환하게 피어난다

가을 새색시 갈바람 타고 향기 가득 싣고 왔다

겨울 숲

가위눌린 서어나무숲길
한번 굽은 허리 펴지 못한다
손 길게 뻗어 잡으려 해도
빛바랜 사진만 허공에 걸린다

바스러진 잎들 사이로 먹이
실어 나르는 개미떼

저 산 밑 요양원 불빛이 반짝인다

하늘 길 열린 듯 사락사락 흰 눈송이 휘날린다

그리움의 흔적들

곤파스

수 년 혹독한 겨울을 이긴 나이테를 넘어뜨렸다
아름드리 시원한 그늘을 한순간에 쓰러뜨렸다

나의 시어머님은 삼십여 년 전에 바람을 맞고 쓰러지셨다
혹독한 바람은 어머님의 삼십 년의 시간을 송두리째 빼앗아버렸다
아름드리 무성한 시간들을 몽땅
다시 되돌려놓을 수 없게
한 집안의 종부로 종가를 책임져야 했던 지난시간들을 뒤로하고
날마다 절룩이는 생을 안고 몸부림쳐야 했다
긴 시간들을 지탱해준 것은 꼿꼿한 정신과 나무지팡이뿐이었다
더는 당신 것일 수 없는 싱그러운 생의 향기는
어느덧 생기 다 잃어 뉘엿뉘엿한 해질녘 노을만 바라보며
바람맞은 반쪽 가지를 보듬어 안고
그루터기만 남은 생을 지탱하고 있다

곤파스가
아카시아 진한 향기 찢어놓고 한달음에 도망쳐버렸다

＊ 곤파스-2010. 9월 초 태풍

굄돌

정원석과 정원수
서로의 든든한 배경이 되고 있다
한쪽은 등을 내주고
다른 한쪽은 가지로 감싸 안아주며
겨울이 내 준 흰 이불을 덮고
온기 함께 나누고 있다
따스한 봄날을 손꼽아 기다리며
빈 공간을 서로의 온기로 채워간다

갑년을 함께 해로한 노부부 같다

눈 내린 차가운 이 겨울
상고대 피어올린 조화가
서로의 굄돌로 설경이 되었다

흰 겨울
나의 정원에서
나 그대의 굄돌이기를…

그리움의 흔적들

그리운 산

위엄과 부드러움으로
내 안에
든든히 서있던 산 하나

지친 몸
휴식처 되어주고
탁해진 마음
맑게 헹구어주던 산

세월 저편으로
침식되어
가던 날
내가 울고 새가 울었다

길을 가다 문득
그 산
눈시울 속에 잠길 때

그리움의 흔적들

가슴속에 싸한 바람 일렁였다

이제 어느 산이

내 버팀목 되어줄까

＊ 그리운 산 – 아버지

길을 묻다

새떼들 훑고 간 자리에
떠오른 간월암

무학 대사 걸망이듯
서해 끝 정물로 엎드려있다

구겨 넣은 호흡 쿨럭일 때마다
파도가 몸을 바싹 조인다
한 줌 한 줌 받아온 시주 쌀 같은 물방울
파도의 손을 잡고 바다로 뛰어들고

간절한 마음에 쉼표를 찍듯
하루에 두 번 열렸다 닫히는 뱃길

닻을 올린다
섬을 끌고 가다
지친 작은 배 한 척

그리움의 흔적들

노을 붙잡고 길을 묻는데

아코디언 소리 아련한 물 벗은 갯벌
소란 떨던 시간 잠재우고 나면
한 움큼의 생이 발그레 물들어간다

* 서산 간월암

꽃불

암흑뿐인 강물 위로 불빛 모여든다

화르르 허공 향해 타오르는 꽃불

여러 문양을 그리며 가장 아름답게

깊이깊이 타오르고 싶어서

오가던 눈빛 강물 위로 모인다

허공중에 수만 송이로 피었다 지기를 반복한다

꽃불의 짧은 생이 파노라마로 펼쳐진다

깊어가는 밤

꽃불의 한 생이 점점이 사그라든다

이제 제자리로 돌아가야 할 시간

거꾸로 처박혀도 꺼지지 않는 꽃불로

나 다시 타오르고 싶어

* 한강 불꽃축제

그리움의 흔적들

꿈꾸던 교정

따스한 봄 햇살 아래 피어나는
오월의 붉은 울 장미
운동장 놀이기구에 촘촘히 매달린
향기롭게 피어나던 아이들 웃음소리

~동달 산 높이 솟아 아침햇빛에
아늑히 감싸주는 우리 대농교~
풍금소리에 맞춰 교가 제창하며
꿈을 키우던 시간들

교정에 싱그럽게 출렁이던
플라타너스 이파리
줄넘기 그네뛰기 고무줄놀이
아이들 키를 키우듯
무지갯빛 꿈으로
햇살 내려와 해바라기 하던
아슴푸레한 기억의 순간들

그날의 흔적들 곳곳에

빛바랜 사진으로 아직 남아 있는데

60년이란 시간에 종지부를 찍고

토끼풀 강아지풀

무성히 자라난 운동장에

시간을 낚아챈 휑한 정적만

철벽처럼 굳게 닫힌 교문에 갇혀있다

꿈비 동산

아침 햇살 타고
너울너울 내려온
나비천사들

앉으면 채송화 꽃
일어서면 하얀 솜털구름

바람 불어오면
이내 출렁이는 바다

파란하늘
푸른 물결 보다
더욱
맑디맑은 웃음바다여라

* 손주 어린이집 꿈비동산

나목

낯선 곳으로
목적도 없이 길을 나선다

꽁꽁 얼어버린 대지
움츠린 어깨가 뻐근하다

언제인가 와 본 듯한
골목도 지나고
본 듯한 얼굴도 만난다

무겁게 짓눌린
삶의 무게 등짐들
모두 털어 내리라

훌훌 털어버린 저 나목들처럼

다 털어 내면
발걸음 한결 가벼워질까!

나무의 긴 여행

정원에 나무 한 그루 서 있어요
켜켜이 쌓인 나이테
세월 비껴간 듯 꿋꿋한 생을 이어가더니
그만 한쪽 가지가 건들거려요
생이 불안스레 출렁거려요

당신의 푸르던 그 생은 어디로 갔나요
노을빛 따라
먼 산만 물끄러미 바라보는 눈빛
내 눈에 자꾸 잠겨오네요
어머니!

이파리들 지켜내려 안간힘 쓰시던 당신
거친 풍랑 다 받아내신 강한 손

세월의 무게에 눌려 약해진 가지
잎들은 불안하기만 하네요

그리움의 흔적들

언제나 함께일 줄 알았는데
아픔 어루만지려 하면
앙상한 가지 손 흔들며
자꾸 가라 밀어 내시네요

이파리 하나씩 떨어져나갈 때마다
싸한 아픔이었을 저 가지 손

잎들의 든든한 배경이던 나의 사랑나무
어머니!

나의 어머니!

낙안읍성 타임머신

금빛 옷을 갈아입은 초가
가을볕 속으로 번진다

돌담에 타오르는 담쟁이넝쿨
온몸을 밀착시키며 클라이밍 중이다

열기가 감나무꼭대기에 걸린다
마을 어귀 솟대처럼 아스라이
고샅길 이정표로 서있다

콧수염 긴 푸른 눈의 이방인
낙안읍성 타임머신에 들었다

이엉 엮듯
옹기종기 모여 있는 초가마을

언제든 누구든 찾아와도

반겨줄 것만 같은

아늑한 고향처럼 이방인을 껴안는다

* 낙안읍성 민속마을

낙화의 서

그 누구인가
아까울 것 없다는 듯
뛰어 내리는 이

이리 쉽게 피었다
지는 生일 걸

지나간
인고의 시간은 뭐였던가!

생이란 있을 때
의미 있고 아름답다 걸

겁도 없이 몸 날리고 싶던 날
나 있었지!

눈부시게 화창한 봄날

그리움의 흔적들

앞마당 모란꽃 붉게 물들어
꽃잎 한 장 고개 떨구던 날

저 가지 끝 싸한 바람 일렁였다

난꽃

마음을 한곳으로 모아
푸른 줄기 하나씩 밀어 올리는
날선 시간들 찬란하다

꺾이다 일어선
가지 끝에 하늘이 고여 있다

몇 해만 더 견디면
노을빛 속에 하루를 접겠다

* 동양란

네 개의 눈

눈에 과부하가 걸렸다 안경을 쓰고부터

성미가 급해져 자꾸 헛발질을 해댄다

정원 소나무 곁을 지나다가 먼 풍경에 부딪쳐 넘어지고 만다

소나무를 붙잡고 더듬더듬 일어선다

가지가 잘려나간 동그란 자리들이 돌출되어 있다

소나무가 수많은 눈동자를 굴리고 있다

안경을 쓴 것처럼 송진이 끼어 희뿌연 너머서 허공이 소용돌이친다

소나무도 나처럼 저 눈으로 세파를 견딜 것이다

바람의 방향을 살펴가며

사시사철 푸르게 서 있는 소나무

안경을 닦아주듯 송진을 쓸어주다가

내 안경도 벗어 더운 입김으로 닦아 쓴다

맑은 눈동자를 만들어 주었는데 여전히 과부하다

내가 따라가지도 않는데 혼자 달려가 길을 접는다

그럴 때마다

기우뚱거리는 몸을 세우느라 안간힘을 쓴다

그리움의 흔적들

눈은 두 개일 때가 가장 좋다
안경도수가 맞지 않으면 괴물의 눈처럼 네 개가 되어 부라린다
밝은 세상으로 데려가겠다고 서로 날뛴다

* 다초점 렌즈

녹색시간

죽녹원 바다

허공은 나이테로 레일 위에 올랐다
먼 길 달려온 칸칸이 비워낸 기차
기적소리 푸르다

바람의 방향을 타며
따끈한 대통 밥 한 그릇씩 나눠먹듯
죽마고우 초입에 들었을 뿐인데
허공은 온전한 푸른 숲이다

시원스레 뚫린 맑은 숲

양팔 활짝 벌린 내 겨드랑이에도
푸른 이파리 하나씩 돋아날 듯 간질거린다
한 발씩 커지는 키 높이 신발 허공 향해 발돋움 친다

그리움의 흔적들

흐렸던 시야가 맑게 씻긴다
텅 비워내야 푸른 하늘을 볼 수 있는가!

아홉 번 죽었다 살아나는 죽염처럼
서걱이다 푸르게 살아나는 나의 관절들

숲이 내준 맑은 길에서…

※ 담양 죽녹원

눈동자

손바닥 위 강아지가 걸어나온다

<u>오요요 오요요</u>
내 강아지
꼬리를 흔드는 강아지풀

어이구 내 강아지
네발로 엉금엉금
온종일
질경이 씀바귀 민들레
뒤꽁무니 따라다니는
어머니의 시름이 바구니 한가득이다

진달래꽃 따라 온 산 쏘다니는
아이였다가

자운영 꽃 위에 팔랑팔랑 날아다니는

그리움의 흔적들

나비였다가

또르르르~ 어머니가 내게로 온다
눈동자가 또르르 내게로 달려온다

능선

내 삶의 바람은
여름날의 천둥처럼 찾아왔다

머릿속이 하얘질 것만 같은
열기의 나날들

숨이 가쁘다

산모퉁이 돌아 나온
바람 한 자락 훑고 지나간다

살랑 살랑
햇살보다 뜨겁게 피어난
들꽃의 작은 몸짓이

비탈진 능선
예까지 오느라 애썼다
청량한 바람이
열기로 데워진 내 삶의 자락을 어루만져준다

단풍을 닮은 그녀

오랜만에 만난 내 친구는
내장산 단풍 닮았다

일찍 가정 이뤄
다복하게 아이 셋을 두었다
아이들 성혼소식 곧 있겠다는
내 말에
'아들 하나를 보냈어
지난해 아주 먼 하늘나라로
그날은 유난히 비도 많이 내렸지'

슬픔도 어느덧 다 승화되었는지
무심히 던지는 그녀의 말이
나의 마음을 시리게 때린다

그녀가 고이 간직한
가족사진에는 그녀의 아들이

그리움의 흔적들

의젓하게 자리 잡고 서있다
훤칠하니 잘도 생겼다

꿈속에서조차
잠시도 놓치고 싶지 않았을
단 하나뿐인 아들이었을 터인데
이제 그녀의 가슴속에 내내 묻혀있겠다

그녀와 헤어져 돌아오는
가로공원 단풍이 붉게 번져와
나의 가슴에 아프게 박힌다

* 내장산 근처에 사는 친구

도깨비 방망이

금빛이 날 유혹한다
울퉁불퉁한 도깨비 방망이와 씨름중이다
요철을 눌러 보다가
금 나와라 뚝딱 내리쳐 본다
요행이라도 바라는 것이냐!
선홍빛 치열 한 움큼 내보인다
놀라 벌러덩 넘어질 뻔했다
속마음 들킨 것 같아 얼굴이 화끈 달아오른다

담장너머 덩굴손 내밀어
날 잡아끌던
울뚝불뚝한 모습이 왠지 낯설어
슬금슬금 뒷걸음질 쳤던 기억

금려지야 하면 나 유주야
유주? 아니 여지인데
여지라고? 아니 나 만려지야

만려지? 아니 나 포도인데

자꾸 놀리는 게
정이 싹 붙지 않아
거리를 두고 소쿠리를 겨눈다

한가득 금빛을 빼내버릴 것이다

* 여주열매

독경소리

보안암 가는 길
솔잎들 떨어져 내린다
아름드리로 쭉쭉 뻗어 올린 솔숲
고요한 떨림
꽉 움켜쥐었던 것들
하나씩 내려놓는다
부드러운 편백의 몸짓이
하늘 길로 넉넉한 공간 열어 향기 내뿜는다
허공길이 환해진다
짓눌린 내 몸을
새털처럼 가볍게 밀어 올린다

다솔사 독경소리
솔향기 타고 온 산하로 울려 퍼진다

뒷걸음칠 사이 없이 내달려왔던
혼돈의 시간이 지금 평안하다

* 사천 보안암 다솔사

동굴, 살아있다

뜨거운 태양빛이
동굴 속으로 사람들 밀어 넣는다
썰물처럼 서서히 밀려들어간다
시원한 바람길 따라
사방으로 눈빛들 번져간다

심해 생물체 빛 품어 올리다
수런거리는 인파에 눈인사 건넨다
토종물고기 아마존물고기들
지하 암반수 한 공간 가족이다

싱그러운 초목이 장뇌삼을 키우는
신비한 굴 속

폭포수 웅장한 소리에 음이온 뿜어 올리다
금빛들 쏟아낸다

와인에 취한 붉어진 동굴이
맑은 샘물 숙성시켜 물길을 낸다

＊ 광명동굴

동박새

이십팔 년
군인으로
한길만 걸어오다
지난겨울 폭설 속에
홀연히 세상 등진 내 조카 이양노 대령

동박새처럼
흰 눈 속으로
몸을 감춘 그날 이후로
보이질 않네

어느 하늘을
무심히 떠다니는지!

그리움의 흔적들

날마다
창가에 기대앉아
기다려 보지만
늠름한 기상으로 비상하던
그날의 환영만
희미하게 날아와 앉았다 갈 뿐이네

햇살이 눈부시게
잎새에 와 내려쬐어도
훈풍이 후~욱
코끝을 스쳐지나가도
가슴은 마냥
멍울져 흘러내리고
그리움의 키를 키우듯
가지에는 어느새 빠알간 꽃
망울망울 피어 올려
지상으로 하나둘씩 떨어져 흩어지네

* 1981년 육군사관학교 입교

동안거

야성의 숲은 지금
동안거 중이다

눈발에 취해
휘청대다 길을 잃다

사륵 사륵
흰 눈발도 숨을 죽인다

* 안면도 수목원

동행

그대와 함께 가는 길

아득한 거릴 좁히려
고지를 향해 간다

앞서거니
뒤서거니
만남은
오랜 갈망이듯

먼 길 돌아와
이제 알겠다

저 계곡 물웅덩이처럼
비움과 채움의 수행이란 걸

이제야 알겠다

※ 관악산 연주암

등경

잔뜩 찌푸린 얼굴이다
아흔아홉 봉우리 안개 속에 감추고
굵은 빗줄기 뿌려댄다

한 무리 비옷에 젖은 붉은 노랑 우산들
안개 속 뚫고 나온다
한 무더기 야생화
저요 저요 손을 내민다

등경 돌 앞 화사한 낯빛들
찰칵~ 폰에 담기다 젖는다

초원 이룬 기암괴석 푸른 이끼들
세수하고 나온 싱그러운 얼굴이다

오늘의 성산의 주인공
저 아래 성산포가
흰 드레스자락 끌며 온다

* 제주 서귀포 성산포

그리움의 흔적들

뜨거운 여자

스치기만 하여도 까르르
간지럼을 탄다
너와 나의 경계는
웃음이 헤프거나 그렇지 않거나이다

배롱 배롱 배시시 밝은 웃음에
자꾸 시선 당기는
결 고운 맵시에 자꾸만 눈길이 간다

타고난 성향이 화끈이라
뜨거운 태양 볕을 좋아하나 보다
백여 일을 피고 지고 지고 피는
굵고 짧은 생이라서 더 뜨겁다

너른 호반에
붉은빛 띤 둥근 호박들
푸릇푸릇 조롱박 걸어놓은
덩굴식물터널 길 이웃하여
그리 외롭진 않겠다

* 일산호수공원

마우스 아티스트

나무기둥이 캔버스다
수십 수백 번을 딱 따, 딱 따, 콕, 콕
길쭉한 부리 예리하다
햇살도 밀어 넣고 바람도 불어 넣는다
그의 오색 빛 날개는
한 땀 한 땀 흘린 땀방울이다

세상은 이 작은 창으로부터 시작된다
화려한 치장은
한순간도 늦출 수 없는 긴장의 끈이다

드넓은 숲은 그의 창작 공간
나뭇가지 잎 꽃 새 구름
한동안의 작업으로 부리 끝이 얼얼하다

작은 우주 하나 만들어 놓고
딱, 딱, 콕, 콕

그리움의 흔적들

오색딱따구리의 꿈은 아직 끝나지 않았다

＊ 우장산 오색딱따구리

먼 시간

이십억 년의 먼 시간을 달려온
콜로라도 강이 대협곡 하나를 지었다

오랜 설계로 이루어진 폭 446km
깊이 1600m의 광활한 골짜기 하나를

쉼 없이 달리다 부딪치고 깨어져
상처투성인 채로 붉은빛을 띠는 암석들
하루 빛 시간에 따라
다양한 색, 형태로 변신한다

이상향을 꿈꾸는 우주의 건축물이다

품 넓은 가슴으로

전 세계인을 아우른다

다양한 인종 이민자를 받아들인

시공간을 초월한 그랜드 캐년

다양한 종의 동식물도 한곳으로 불러 모았다

지구 한 모퉁이에

아직 깨지지 못한 모난 내 돌 하나까지도

* 미국 서부 애리조나 주 그랜드 캐년

모국어를 버리고 왔네

더 높이 더 멀리 날아가다
떨어져 버렸나 보네
한국과 미국을 이어놓지 못하고
잃어버렸나 보다
입이 있어도 말을 못하고
귀가 있어도 들리지 않는
주눅 든 나의 언어는 점점 생기를 잃어가네
웅얼웅얼 몇 마디 내뱉어보지만
그대에게 가 닿지 못하고
허공을 떠돌다 흩어지는 나의 언어들
잃어버린 어느 시간 속을 헤매는지도 몰라

이국의 새소리가 아침을 연다
몸짓으로만 그대에게 가 닿던 나의 언어들

긴 시간을 떠돌다 인천공항에 내렸는데
모든 말들이

웅~웅 영어로만 들리는 것 같네

※ 15일간의 미국 동. 서부여행

모정의 가을

다시 볼 수 없는 그리움의 흔적들을 찾아
길을 나섭니다

공원 산책로 붉은 노랑
색 고운 이파리들 우수수 떨어져 쓸려 가는
이 빛 고운 카펫 길을 사뿐히 밟고 가셨나요 어머니!

저 생 뒤뜰에 당신의 지난 시간들이 펼쳐집니다
수많은 계절 온 에너지를 쏟아 부었던 날들
꽃을 피워 실한 열매로 키워내느라
한순간도 소홀할 수 없던 날들

정작 당신의 삶은 챙길 새 없이
앙상한 가지로 남은 몇 년 생이 전부였나요
'오래 살아 미안하다' 그 초라한 모습조차 보이기 싫어
손 내저으며 빨리 가라시던 목소리
가을 단풍잎 사이로 붉게 물들어가네요 어머니!

쪽찐 머리 빛 고운 한복을 즐겨 입으시던
단아한 당신의 모습은 모진 비바람을 잘 견딘 저 들
국화에요

고향 황금들녘으로 고운 한복이
어머니의 흔적들을 태우며 붉게 타오릅니다
구십구 년의 생이 간단한 마침표로
파란 가을하늘을 가득 수놓았네요

노란빛 수의 옷이 석양빛 받아 더욱 곱습니다
안녕이라는 작별인사는 하기 싫어요 어머니!
모정의 계절은 늘 내 곁에서 피고 지고, 피고 지고
할 것이기에…

고마워요!
사랑해요!

감사했어요. 어머니!

민들레 등불

보도블록이
조도를 높인다

발길 닿는 곳마다
따스한 숨결이

꼬무락 꼬무락
사투를 벌이듯 아스라한
저 밑
눈물겹게
작은 생명 건져 올린다

황금빛 햇살

깨금발 하듯
가까스로
기어올라

그리움의 흔적들

빛을 발한다

환하게 밝히는 앞길
희망의 등불이다

* 민들레

밤의 단상

하루의 휴식을 위해
휘장을 깊게 내린 이 밤은
내일을 열어갈 순간의 모티브이다

치마폭 같은 어둠으로
빛을 가두고
묵언 수행중이다

시간의 초침소리가
나의 내면을 깨운다

이 밤 온전한 나이기를
온전한 휴식이기를
거짓 없는 온전한 사랑이기를

* 불면의 밤

그리움의 흔적들

벚꽃, 우주쇼

모든 것들 이륙을 꿈꾼다
훨~ 훨~ 나비이고 싶은
어린꽃잎 귀를 쫑긋 세운다

바람길 따라
일렁이는 꽃길
팝콘 튀듯 사방으로 흩어진다
꽃물 든 내 몸이 붕~ 떠오른다

창공으로 날갯짓하며
세러머니 보내는 새 한 마리

허기의 시간이 포만으로 가득 채워진다
불면 후 찾아온 영광은
바로 이런 것인다

벚꽃들의 우주쇼에 나 이미 편승해있다

* 벚꽃 길

보라, 눈보라

소란스런 지상으로
얼룩을 지우며
눈보라 휘날린다

헐벗은 가지에 흰 송이 핀다
눈과 눈길이 마주치며 번져간다
흰 꽃잎 한 장씩 켜켜이 받아 적는다
짜릿한 손끝 시린 통증이다

상고대 피어올린 숲길
얼음썰매 아이들 끌고 다니다 엉덩방아
하하 호호 웃음소리 해맑다
살얼음판 딛듯 삶은 늘 아슬아슬하여
중심 잃다 부러지고 깨어지고 상처로 얼룩진다

푸른 날개 싱그러운 열대우림
허브향기 번지다 붉은 꽃잎 한 장 떨군다

* 포천 허브아일랜드

봄날

대문 앞 박스마다 차곡차곡 쌓인 정
동기간 챙기는 손길이 가득 가득이다
팔십 노구의 굽은 허리 큰 언니 오빠

제대로 한번 펴지 못하는 두 분의 허리처럼
봄날 산등성이마다 자라던 산나물들
나날이 커가는 텃밭 비닐하우스 취들이
봄날의 사투를 벌이듯 우후죽순이다

참취를 삶는다
뜨거운 물에 숨죽이는 취들

잠자는 기억들 깨우기라도 하듯
새봄이면 고향집 동산으로 동기간을 이끄는
파릇파릇한 향기가 향그럽다

쌉싸래한 새봄이 상큼하다

* 아버지 기일에 찾은 고향 친정집

불공

낙산 벼랑 끝
거센 바닷바람에 묵묵히 맞선
내가 서 있다

해 저물녘
을씨년스럽게 어깨 움츠린
속살 벌겋게 드러난 민둥산
타다 남은 노송 한 그루

긴 시간 정성스레 쌓아올린
공든 탑 무너트리듯 한순간
화마가 할퀴고 간 상처
어느새 딱지 져 거뭇거뭇 아물어간다

푸른 고요
다시 태어나기 위한 몸부림이다
요사채 정적을 깨듯

그리움의 흔적들

어둠 잊은 망치소리 요란하다

모습 아닌 모습 있어
비우고 또 비워낸다
두 손 모아 합장한다
해수관음상 앞
미동 없이 다소곳이 앉아
불공 올리는 비구니스님
시간 잊은 지 이미 오래다

* 낙산사—2005. 4. 5일 화재

雪山

사람의 길은
여기서 끝인가

밝은 눈 들어
세상 내려다보는
머리 하얀
노송 숲

순백의 날개
허공을 난다

솔방울 뚝
놀란 멧새
푸드덕
날갯짓할 때

흰 눈발 날리는
귀 맑게 트이는 법열이다

* 강원 겨울 산

그리움의 흔적들

시클라멘

내 생일날
사춘기 아들이 건네준
시클라멘 꽃분

리본 띠 곱게 두르고
활짝 웃더니
며칠 지나 어깨 축 늘어뜨린다

무슨 일이지!

지금 나 사랑에 목말라있어요
애타게 부르짖듯
얼굴이 해쓱하다

얼른 다가가
어깨 다독이듯
물 듬뿍 뿌려주니

그리움의 흔적들

생기 다시 솟아난다

내일은 다시
싱그러운 꽃송이 피워 올리기를…

* 사춘기 막내아들의 생일선물

씻김굿

하늘은
온통 검은빛이다
복받치는 설움이
통곡처럼
가슴을 친다

맺힌 상처
응어리를 풀어내듯
씻김굿 한다

지상의 먼지
다 쓸어내려
내 마음 티끌도 함께 씻어낸다

아! 이 통쾌한 열락이여!

* 여름소나기

아궁이

오븐에 잘 구어 낸 군고구마

종종걸음 치며 동아리 모임에 나간다

훈훈한 마실 방 김장김치 얹어 나눠 먹는다

고구마줄기처럼 기억들 줄줄이 걸어 나온다

그 줄기 아래 올망졸망 모여 사는

아이 많이 둔 부부가족 같다

아궁이 장작불 속에는

아이들 눈동자를 따라

고구마가 노릇노릇 익어간다

긴 겨울밤 온돌방에 빙 둘러앉아

허기를 채우던 군고구마

햇빛바람이 숙성 시킨 살얼음 동동 뜬

동치미국물 곁들여 먹던 군고구마

* 군고구마의 추억

안개호수

어디로부터 오는 것일까
저 아득함
흰 포말 일으키며 뿜어내는 열기
천 길 낭떠러지 겁 없이 뛰어내린다
한 치의 오차 없는 낙차다

흐르는 것에는 역행은 없다

모두 나이아가라 폭포라 말하지만
나는 안개호수라 부른다

호수가 피워낸 안개꽃
창공 향해 헤엄쳐간다
꽃씨 뿌리듯 점점이~~~~~
무수한 갈매기 떼 함께 끌고 올라간다

웅성거리는 인파들 흔들며
나를 흔들며 흰 포말로 물들어간다

거대한 어머니 품속이듯 따스하게 물들어간다

※ 미국 - 캐나다에 걸쳐있는 나이아가라 폭포

그리움의 흔적들

앵초꽃 벙글대다

햇발을 밟고 나온 아이들이
공원광장에서 은륜회전을 한다
따릉따릉 자전거바퀴 굴러가는 소리
앵초꽃 나와 벙글대고
연산홍 철쭉 화사한 얼굴 내민다
자전거바퀴가 나무 그림자 밟고 지나간다
나무그늘이 종종걸음 치며
모이 쪼는 비둘기 한 무리 쫓아다닌다

배가 잔뜩 부른 햇살 한 자락 잔디카펫 깔고 드러눕
는다

호수 위에 둥지 튼 흰 오리 한 쌍
두 물갈퀴로 노를 저어 햇살을 끌어당긴다
명지바람 볕뉘 데리고 물이랑 일며 지나가는 봄날…

* 여의도공원

여름나기

어깨 축 늘어트린 수양버들가지
이석증이듯 어지럼증 인다
잠자리들 원을 그리며 돈다

하늘 향해 솟구치는 물줄기는 호수의 중심이다

호수공원이 나를 안고 돈다 한 바퀴 두 바퀴
원을 크게 그리며 지친 몸 끌어당긴다
헉헉대는 숨 호숫가에 걸쳐놓고
수런대는 수련들 눈 맞춤에 쉼 호흡 크게 한번 한다

그네가 공중으로 시원한 바람 일으킨다
등줄기 땀방울이 바람타고 날아간다

물속에 잠긴 나무의 행렬
거꾸로 처박혀도 물속이 좋은 나무들
뿌리는 바깥세상이 궁금하다

그리움의 흔적들

후끈 달군 여름날처럼

뜨겁게 한번 살아보지 못한 내 몸을

물비늘 반짝이는 호숫가 시원한 바람결에 잠시 내려

놓는다

* 여름 일산호수공원

여명

칠흑 같은 새벽
비늘을 벗기는 모래밭 위에

당신의 미소를 기다리는
수런대는 군중입니다

환호 소리로
일어서는 여명

가슴에
한 아름 가득
포옹하여 맞이합니다

내 온몸에 불 지르는 당신
까만 잿더미로 타고 싶습니다

* 정동진 해돋이

그리움의 흔적들

여백 속으로

여백 속으로
신바람 난 듯
붓은 요술손이 된다

먼 산맥이
물안개 피어 올려
흰 화폭에 담겨지고

나무들은 검푸른 깃발 펄럭인다

흰 물살 퍼 올리는
바위틈 계곡으로
내가 걸어 들어간다

조용히 깊어지는
산촌마을 삶이 꿈틀댄다

* 한국화

염화미소

그 유명하다는
동백꽃은 어디 갔을까

선운사 가는 길은
복분자 낮술에 취해있다
흐드러진 겹 벚꽃
내 얼굴에 겹쳐지고
마음은 급해서
선운사 법당 들어서는데
부처님 염화미소
발그레 나를 반기신다

풍경소리 청아하게
한 소식 들려준다

* 선운사 쌍 벚꽃

그리움의 흔적들

詩_ 가을 번지다

오늘의 운세

밖을 주시해야만 한다

오늘의 운세
밖으로 향할 때
특히 몸조심하도록

지금은 비상대기 중
오늘계획은
오늘의 기분에 달려있다

창틀에 부서져 내리는 햇살
마음이 요동을 친다

문득 숲이 그립다
스프링처럼 튕겨져 뒷산에 오른다
푸른 잎들 깨어나 긴 하품한다

그리움의 흔적들

오래 못 본 연인 사이듯

달음질쳐 그의 품에 안겨본다

넉넉한 그 품이 휴식처럼 참 편안하다

마음 금세 들키듯

별안간 산그늘 짙게 깔리더니

소나기 내리 붓는다

집으로 돌아온

남편이 비를 몰고 온다

난 피할 새 없이 그 비를 다 맞는다

오늘의 일기는 고르지 못함

* 산책 중 갑자기 내린 소나기

외마디

어느 날 한쪽 다리가
외마디 소리를 질러댄다
병원으로 가
부항을 뜨고 침을 놓아 준다
오래 부려 약해진 뼈대
단단히 하려했던 운동이
외려 탈을 불러 일으켰던 모양이다

내 용량에도 한계가 있다구요

몸은 외쳐대고 있다
말없이 순종만 하던 몸이
문신처럼
뜸 자국을 이곳저곳에 내며
목소리를 높이고 있다

* 운동 후유증

그리움의 흔적들

은어

바람은 마음을 태우고 달린다

십리 벚꽃 길
오리도 못가 발병 난다

길섶에 널브러진
별꽃소라 한 접시
동동주 한 사발 들이킨다

흐드러져 내리는 꽃비
길섶이 흥건하여
어지럼증 인다

쓸리고 휩쓸리다
강가 반석 위로 내려앉는다

섬진강 은어 되어
꽃물 들듯 내가 젖는다

* 쌍계사 십리벚꽃 길

이마받이

꼭꼭 손가락 걸듯
기록해나가기 시작했다
쌓이는 메모장들

철석같은 믿음으로
매일 마주보며 한 몸처럼 지냈다
든든한 나의 배경이 되었다

기대에 부응이라도 하듯
모든 잡다한 기억들을 저장해주었다

그러던 어느 날부터
까맣던 기억들이 하얘지곤 했다
날개가 되어버린 메모장들이
훨훨 날아가 버렸다

이마받이였던 그것들 삼쌍둥이였던가!
한통속이 되어 도망가 버렸다

그리움의 흔적들

휴지통을 샅샅이 뒤져보아도 꽁무니를 감춰버린
메모장들 날개를 달고 훨훨 날아가 버렸다

* 컴퓨터의 오작동

이주

뿌리가 뽑힌다

삽이 땅 밑으로 스미는 순간
흙들이 아프다 아프다 몸살을 한다
한번 뿌리내린 공간 떠나고 싶지 않은 나무들
날카로운 혀를 들이대는 삽질이 한동안 실랑이를 벌인다
하늘도 내 맘 알듯 부슬부슬 봄비 내린다

키위나무 여덟 그루 오늘 집을 떠난다
살림 한 채가 헐리어나간 휑한 공간이 얼얼하다

어린 묘목은 뜰 안 햇살로 뿌리내려
아치형 집을 지어 뿌리 내린 지 팔 년,
한 지붕 가족이 되어갔다
한 땀 한 땀 수를 놓듯
우윳빛 암꽃 쓰다듬는 붓끝이 수정을 하면
태양 볕에 시원한 그늘을 드리우며 알알이 열매를 매달았다

푸른 잎들이 다독이며 야무지게 영글어갔다

오늘 이들이 이웃집으로 자리를 옮겨 앉는다
자식들 다 출가시킨 단출한 지인 집 가족으로 들어간다

키위나무 부부가 떠났다

* 키위나무 이사 간 날-2016. 6

장미

행여

내게 찔릴까

오늘도 애만 태우다 돌아선다

그리움의 흔적들

접시꽃 시계

접시가 빙그르르 돌아간다
분홍빛 붉은빛 호롱불 밝힌다

감나무 사이로
높이 높이 발돋음친다

시간 밖의 어지럼증을 풀어놓는다

이른 아침부터 밤늦도록
빛 바라기하며
한 송이 두 송이
뚝, 뚜욱~

곧 허물어질 공간
지난 흔적들 간단히 요약하여
타임캡슐에 묻어두듯
지난 삶의 한 페이지를 접고 다시 써내려갈 공간

떠날 채비하는 내 발길 자꾸 붙잡는다

* 33년의 흔적– 접시꽃

조개 껍데기 명상

사는 일은 파도타기 하는 것
수시로 헹굼질하는 것

꽃지 해변
하얀 세제 풀어놓은 듯 물거품 일으킨다
조개껍데기들
규사에 쓸려 밀려왔다 밀려간다
유리 알갱이처럼 투명해지기 위해
몸부림친다

기다림의 시간은 멀기만 하고
한참을 통 안에서 좌우로 요란하게
헹굼질 해대던 세탁기가 잠시 잠잠해진다

머리에서 발끝까지
말끔히 씻어 내릴 시간을 기다린다

그리움의 흔적들

햇살과 바람이 나란히 물구나무서듯
한쪽 구석에 처박힌 껍데기들

보송보송 말라갈…

※ 태안 꽃지 해변

지구 한 모퉁이가 환하다

둘 사이의 간격은
이 끝에서 저 끝이다

빈 빨래 줄에 앉아있는
잠자리 두 마리
긴장을 당기고 있다

이따금씩 바람에 출렁~
출렁~ 위태롭게 기우뚱거리더니
약속이나 한 듯
양쪽에서 날아오른다

허공이 팽팽히 당겨진다
당기면 당길수록 가까워지는 거리
둘은 하나로 포개진다

둘의 침대는 허공이다

그리움의 흔적들

세상에서 가장 가벼운 체위

서로가 서로를 놓치지 않으려고 끌고 올라간다

어느 누구도 방해할 수 없는

견고한 결속력이다

지상에서 가장 눈부신 한 몸이다

지구 한 모퉁이가 환하다

[*] 잠자리의 유희

첫 출발

1984년 9월 20일 새벽
울음소리도 우렁차게
새벽빛 한 아름으로 너는 내게로 왔지

너와의 첫 만남
설렘과 환희로 물결치던 그 새벽
그 순간을 나는 생생하게 기억한다

너의 첫걸음은
나의 기쁨이고
살아가는 의미였다

굽이진 삶의 비탈길에서
지쳐 쓰러지려 할 때
희망의 솟대를 세워
날 일으켜주곤 하던 너

지난 시간을 돌아보니
너는 내게 희망이었구나!

KBS 88유아체능단 수영장
돌고래처럼 헤엄치던 모습
물속에 잠겨 순간 보이지 않을 때
놀란 가슴을 쓸어내리던
아직도 눈에 선한데
어느새 어미의 품을 떠나
새 둥지를 트려 하니 감회가 새롭다

두 손 꼭 마주잡고
세상에서 가장 아름다운
행복한 한 쌍의 원앙이 되거라

초인

앙상한 육신의 뼈

바람이
아무리 흔들어 깨워도
안으로
안으로만 잦아들 뿐
깨어날 줄 모른다

면벽 백여 일

살얼음판에
뿌리 깊게 내린
생을 초월한 초인이다

이승에서의 마지막 대자대비다

* 고목

그리움의 흔적들

통증

지우려 애쓸수록
따라오는 얼굴이 있다
처음 그녀를 만난 건 산사로 가는 초입에서다

긴 목에 수척해진 모습
밤새 신열을 앓았는지 얼굴에 열꽃이 피어올라
금새 쓰러질 듯
눈망울에 이슬이 맺혀있다

망울망울 붉은 울음이
바다 이루어 갈바람 사이를 떠돈다

어긋난 사랑의 통증인가
그리움이 노을빛 되어
허공중에 걸린다

손 내밀면 잡힐 듯
응달진 습지마다 붉게 타오른다

* 9월의 꽃무릇

파라다이스

그곳에 가면
벌겋게 달아오른 화톳불 숯가마가 있다

송진내 풀풀 통나무 베고 누워
석염 수북이 깔린 열탕에 몸 담근다

땀방울 송글송글
탈색된 세포 붉은 빛 띤다
굳은 혈맥이 숨을 쉰다

맑은 빛
모태에서 방금 나온 듯한
여리디 여린 빛

맨 처음 어머니 태반을 열고 나왔을 때
갑작스러운 밝음이 두려워
차마 눈을 빨리 뜰 수 없었을까

감았던 눈 조심스럽게 뜬다

사방이 밝아지나 싶더니

솔숲 나뭇가지로

하얀 소금 눈꽃 소복소복 피워 올린다

* 불가마찜질방

풍경 나르는 외돌개

푸른 파도소리에 잠을 깨면
낙락장송 부스스 머리를 턴다

풍경 실어 나르는
바다는 하늘빛이다

야자나무숲길 출렁이는
산기슭에
싱아대 즐비하니 길잡이 한다

열기를 식히듯
노란 유채꽃밭
바람 한 자락 드러눕고

한낮의 올레길
온종일 허공만 닦다 절로 붉어지는 병솔 꽃처럼
후끈 달아오른다

* 제주올레길 외돌개

그리움의 흔적들

詩_ 가을 번지다

풍경소리

앞마당
참다래 나무 밑에 서면
풍경소리가 난다

이슬만 먹고 자라나서
마디마디 푸른 소리가 난다
경쾌한 화음이다

쇠 지렛대를 딛고 돌돌
말아 올린 것이 영락없는 뱀 같다
뱀 주둥이가 새큼하다

가녀린 몸이 파르르 흔들린다
내 눈빛을 친다

얼기설기 지붕 드리운
푸른 암자

그리움의 흔적들

처마 끝 매달고 사방으로 번진다

금빛이 딸랑 딸랑 풍경소리를 낸다

* 참다래-키위

하늘공원

매일 희망 하나씩 품는다

모든 기운들 나락일 때
작은 모종 하나씩 동산에 모여든다
환한 꿈길을 타고
벌 나비도 날아든다
그것 놓치지 않으려
남은 힘 몽땅 쏟아 붓는다

하늘이 가까워 더 푸르고 밝은 곳

소문은 빠르게 갈바람 타고 번져간다
인파 물결로 출렁인다
스크럼 짜고 밀려왔다 밀려간다

노을빛이 곱다

* 하늘노을공원

그리움의 흔적들

호수

산자락에서 뻗어 나온 마을이 호흡을 시작한다

공중 발판 딛고
소나무출렁다리 지그재그로 리듬을 탄다
아래는 아스라한 낭떠러지

깊고 푸른 산맥이 호수에 닿아있다
등잔봉이 호수에 빠져 일렁인다

꽁꽁 얼어 도저히 풀릴 것 같지 않던
괴산 호가 얼음 빗장 풀어 놓는다
내 가슴속 빗장도 걷어낸다

앙상한 가지마다 소름 돋는 호숫가

발이 묶여 꼼짝달싹할 수 없던
유람선이 양어깨 들썩인다
출렁일 시간들 곧 항해 할 태세다

* 괴산 호

환승역

가지마다 꽃등 켜들었다
황등 홍등 백등이 곤도라를 밀어 올린다
향적봉은 아직 몸을 말리지 못한 채
겨울과 봄의 환승역에 서있다
앙상한 가지마다 겨우살이 걸어 놓고
둥, 둥, 둥
푸른 등불 밝혀 손님을 맞는다

일생 흙 한번 밟지 못하고
남의 가지에 빌붙어 꽃을 피우고 열매를 맺는
그의 생이 허공에서 흔들린다

산령 둥지마을이
집집마다 푸른 등불 밝혀들고
겨울에서 봄으로 배턴터치 중이다

그리움의 흔적들

아스라한

겨울 끝

환승역에

이제야 겨우

자신의 존재를 드러내며 빛을 발한다

＊ 향적봉 겨우살이

환원

황금모자 눌러쓰고
길가에 서 있다

척박한 땅에 뿌리내려
꿋꿋이 살아온 생이
황금 물결친다

앙상한 가지 흔들며
남루를 벗듯
후드득 옷을 벗는다

사르르
사르르 휘날리며
그가
오늘
모든 허울을
지상으로 환원한다

생이 지상에
하나 되는가!
전 생을 환희로 물들인다

* 길섶 은행나무

회춘

우이동 계곡 물살이 힘차게 튀어 오른다

맑은 빛줄기
송골송골 이슬 매달아놓고
마른풀들 자리 털고 일어선다

꿈틀 숨길을 내며
촉촉이 젖어드는 숲
바윗돌 위 일광욕 즐기는
다람쥐 한 마리
그 눈빛 속에도
초롱초롱 햇살 내려와 노닌다

실바람이 햇살 한 자락 쓸어안고 나뭇가지 넘는다
파르르 어린잎 새파래진다

　　　　　　　　　　그리움의 흔적들

부스스 잠깬 노랑제비꽃

숨소리에 놀란 황조롱이

날갯짓하며 환한 숲길 끌고 달아난다

＊ 우이동 계곡

随筆

국화꽃
향기
되어

가을
스케치

    황금빛 들녘을 지나 한적한 어느 농가의 길목을 걷노라면 높고 맑은 하늘 아래 기러기들이 무리 지어 공중을 배회한다. 유년시절 친구들과 함께 들녘이나 동산에서 뛰어놀다 보면 저 높은 하늘가에 기러기들이 열을 지어 지나간다. 우리는 그들을 향해 숫자나 문자를 외쳐본다. 그러면 그들은 곧 말귀를 알아들어 카드 섹션을 하듯 그 형태들을 만들어갔다. 순수한 동심으로 보는 눈, 아니 그렇게 믿고 싶었을 것이다. 자연과 하나가 되는 동심 그것은 소중한 기억의 한 단면처럼 생생하게 떠오른다. 연분홍빛 코스모스가 한들한들 손짓하고 빛 고운 들국화가 반기는 들길, 지난여름 수마가 쓸고 간 들녘이지만 농가의 가을은 풍성하고 평화롭다. 김장거리로 통통히 살이 오른 무를 뿌리로 싱그럽게 자란 무청 밭과 뾰족이 올라온 파밭을 보니 식욕과 함께 풍성한 식탁을 떠올리게 한다.

어린잎에서 푸르기만 했던 야성인 수목들이 총천연색으로 옷을 갈아입고 있는 계절 산길을 오르다 보면 구슬같이 동그스름한 상수리들이 후드득 떨어져 내려 가쁜 숨을 고르며 허리 굽혀 하나씩 줍는다. 어릴 때 남자아이들이 이 상수리로 구슬치기를 했던 기억이 새롭다. 그때를 떠올리며 집에 돌아가 초등학생인 아들에게 이걸 건네줄 생각을 하니 마음이 뿌듯해 온다. 가파른 산길임에도 상수리를 줍는 즐거움으로 발걸음이 한결 가벼워지며 산행의 즐거움을 더한다.

자연의 섭리란 이렇듯 경이롭다. 좌우로 굽이굽이 펼쳐진 높고 낮은 산맥들, 나무와 바위들이 조화를 이룬 것이며 자연을 대할 때마다 늘 느끼는 것이지만 이 모든 섭리와 조화가 신비롭다. 계절마다 같은 종류의 나무라도 형태가 사뭇 다르다. 소나무만 봐도 가지마다 솔잎이 각자 개성 있게 떨어져 있는 것이 있는가 하면 무리 지어 모여 있는 것들이 있다. 자연을 하나하나 관찰하다 보면 우리 사람의 살아가는 형태와 비슷하다는 생각을 하게 된다. 잡초 같은 삶이 있는가 하면 우뚝 솟은 나무처럼 고고한 삶이 있고 휘어진 가지처럼 늘 위태로운 삶 등이 있다.

우연한 기회에 화선지에 붓으로 먹물의 농담을 실어 그려내는 실경 산수, 진경산수인 한국화를 배우게 되었다. 진경산수화가 겸재 정선이 양천현감 재임 시 궁산 소악루에 올라 양천 팔경을 그렸다는 파릉팔경(巴陵八景)전이 해마다 가을이면 강서문화원에서 열린다. 아직은 서툰 붓놀림이지만 깨끗한 한지에 먹물로 농담을 실어 기와집을 짓고 나무를 심고 바위. 잡풀 등을 그려내다 보면 자연과 하나가 되는 느낌이다. 정서 순화에도 도움이 되는지 흐트러진 마음이 차분해진다. 뚜렷한 사계를 가지고 있는 우리의 푸르고 아름다운 강산을 하얀 화폭에 옮겨 그려내다 보면 신비한 느낌을 받는다.

스케치를 다니면서 느끼는 것은 크고 작은 나무들 잡풀 작은 돌멩이들까지 그 어느 것 하나 정감이 가고 사랑스럽지 않은 것이 없다. 대가들의 그림을 감상하노라면 힘찬 기운과 부드러움을 함께 느낄 수 있다. 한국화는 서양화처럼 원색적이지 않으면서 은은하고 전통적인 선비정신처럼 여유가 있다.

화선지는 닥나무 섬유로 만든다. 화선지는 음양의 조화 중에 음에 해당하며 먹물에 해당하는 양을 받아들여 하나가 되는 바탕이다. 특히 화선지는 부드럽고 예민하여 붓에

그리움의 흔적들

함유하고 있는 수묵의 양과 운필하는 사람의 감정과 운필력, 그날의 습도에 따라 번지는 오묘한 경험을 느낄 수 있다. 한지의 종류도 다양하여 옥파선지, 당지, 마지, 죽지, 장지, 창호지, 닥지, 기타 등등이 있다. 붓도 산마필, 황모필, 장액필, 양호필, 죽필, 목필, 우이모필, 유필, 풀잎필 등등이 있다.

전통 한국화는 단순하면서도 자연스럽고 인간이 만들었으면서도 인간의 속기를 없앤 자연과의 조화를 이루려 한다. 생각, 감정, 느낌, 기분이 기운을 보고 느낀 대로 표현하는 선, 선들의 집합이다. 아무것도 없는 빈 공간의 개념은 맑고 명랑하고 풍류적이고 낭만적이며 해학적이다. 즉, 답답하고 번거로움을 피하고 확 트이는 시원한 공간과 여유를 추구한다.

인간의 감정은 기(氣)이고 기는 물질이 움직이고 변화되게 하는 힘이다. 물질이 기에 의해 움직여가고 음과 양이 만나, 기가 태동하여 생명을 가지고 성장하며 쇠하면 성장을 멈추고 자연으로 돌아가는 순환섭리이다. 한국화는 우리의 전통적인 선비정신과 삶, 정서, 철학이 깊이 담겨 있다는 것을 나는 이론을 통하여 더 알 수 있었다.

국화꽃
향기 되어

아버지! 참으로 오랜만에 불러봅니다. 오늘이 아버지의 생신날이네요. 오랜만에 막내딸 집을 방문한 어머니는 어느 누구 아버지의 생신날을 언급하지 않으니 서운하신 듯 잊지 않고 말씀하십니다. 각자 살아가기 바쁘다 보니 며칠 전 잠깐 생각을 했다가 정작 오늘은 까맣게 잊고 있었네요. 이제 저희 곁에 안 계신 생신일이 무슨 의미가 있겠습니까마는 불과 이 년 전만 해도 생신날이면 아들, 딸, 며느리, 손주, 증손까지 한자리에 모여 정성껏 차린 음식들을 나누어 먹으며 이야기꽃을 피우곤 했는데 이제 모두 옛일이 되었네요. 몇 해 전 생신날 아버지는 '늙으면 생일도 없으면 싶다.'라며 평소 성품대로 자식들에게 부담과 번거로움을 주지 않으려 하신 뜻인 줄 알지만 그때 그 말씀에 마음이

그리움의 흔적들

아렸습니다. 자자손손 증손까지 대가족을 이루니 흐뭇하시면서도 그 자리가 부담스러우셨던 게지요. 이제는 그마저도 기억 저편으로 희미해지고 있으니 마음 아플 뿐입니다.

아버지! 오늘은 저에게 희비가 갈리고 만감이 교차되는 날이네요. '아버지와의 이별식 날' 마음 아팠던 기억을 글로 써 저와 뜻을 같이한 몇몇 동인들과 공동으로 책을 냈답니다. 책을 배부 받던 뜻깊은 날 마침 아버지의 생신일이었네요. 아버지가 계셨더라면 멋진 선물이 되었을 텐데, 남달리 표현력이 좋으셨던 아버지는 많이 기뻐해 주시며 '장하다.'고 칭찬을 아끼지 않으셨을 겁니다. 대신 이 기쁨을 어머니와 함께 나누고 있으니 그나마 감사할 따름입니다. 오늘따라 아버지 생각이 간절해집니다.

아버지는 팔순을 넘긴 연세에도 늘 깔끔하고 정정한 모습이었죠. 늘 곁에서 저희들 살아가는 모습을 지켜봐주실 줄 알았는데 '세월 앞에 장사 없다' 하였듯 어찌할 수 없는 이별이죠. 아버지! 아버지는 모든 만물이 생성되고 약동하는 새봄에 우리 곁을 훌쩍 떠나셨습니다. 이 막내딸은 한동안 든든한 울타리를 잃은 허전한 마음에 또한 그리움으로 밤마다 베갯머리를 적시곤 했답니다. 잔주름이 더 깊어 보였던 어머니의 모습 또한 홀로 남아있는 할미꽃처럼 애처롭기만 했습니다. 두 분이 늘 함께하였던 모습이 머릿속에 깊이 각인된 까닭이겠죠.

오늘 어머니는 막내딸 집에 오셨다가 국화꽃 몇 모종을 소중히 안고 가셨습니다. 저희 집 마당가에 무더기로 뿌리를 내린 국화꽃은 새봄을 맞아 어린잎으로 파릇이 모습을 드러내고 있습니다. 어머니는 그것들을 화분에 옮겨 심고 정성껏 가꾸며 성장하는 모습을 곁에서 지켜보고 싶으셨나 봅니다. 어린 국화잎이 싱싱하고 곱게 자라 외로운 어머니의 마음에 조금이나마 위로가 되었으면 합니다. 아버지와의 이별식 날도 흰 국화 향기 속에 함께였습니다. 자식 모두 어머니 손길을 떠난 지 오래고 비가 오나 눈이 오나 늘 함께 동고동락하였던 아버지마저 세상을 뜨셨으니 그 빈자리를 어머니는 무엇이든 채우고 싶으셨나 봅니다. 얼마 전에 제가 어머니를 찾아뵈었더니 카세트에서 흘러나오는 옛 가락에 취해 계셨습니다. 그 곡은 '장녹수', 어머니의 마음을 대변하듯 '마음에 와 닿는다.' 하시며 가사를 제게 적어달라 하셨습니다. ~가는 세월 바람 타고~ 이렇게 시작되는 가사를 펜으로 크게 한 자 한 자 적으면서 어머니의 덧

그리움의 흔적들

없는 세월을 말하는 것 같아 마음이 아려왔습니다.

 아버지가 저희 곁을 떠나실 때에도 흰 국화 향기 속에
이별을 알리셨죠. 국화꽃은 제 계절이 되면 피고 또 피어나
죠. 이 국화꽃처럼 아버지께서도 저희 곁에 늘 새로운 향기
로 남아 저희 살아가는 모습을 지켜봐 주십시오. 아버지의
두 번째 기일이 얼마 남지 않았네요. 꽃피고 새가 노래하는
춘삼월 그때 찾아뵙겠습니다.

군고구마

　내가 시장에 갈 때면 찬거리 외에 종종 찾는 것이 있다. 담홍색을 띤 고구마다. 생김새도 여러 가지다. 길쭉하고 작은 것이 있는가 하면 동글동글하고 탐스러운 것, 귀엽고 예쁘게 생긴 것, 이것들을 빛깔 고운 것으로 골라 사 들고 집에 돌아온다. 우선 이것들을 물에 깨끗이 씻은 다음 솥에 넣고 물을 적당히 부어 삶는다. 다 삶아진 고구마를 아이들과 함께 김치를 곁들여 먹고 있노라면 어릴 때 고향집에서 고구마를 심고 캐던 모습이 떠오른다.

　겨우내 먹고 남은 고구마 중에 실하고 큰 것으로 골라 씨 고구마를 한다. 초봄에 텃밭의 비닐 묘상에 눕혀 묻으면 며칠이 지나 싹이 돋아나오기 시작한다. 한 달 이상 지나면 그 새순이 제법 길게 벋어 나온다. 어른들은 비가 부슬부슬

내리는 날이면 그것들을 자른다. 그 새순들을 큰 다라나 대바구니에 담아 비옷을 차려입고 집에서 꽤 멀리 떨어진 동산 아래에 있는 밭으로 가져간다. 어린 생각에 왜 하필 비 내리는 날 고구마 모종을 할까? 궁금하여 어른들께 여쭈면 비가 내리는 날 모종을 하여야만 뿌리를 잘 내려 밑이 실하게 잘 든다고 하셨다. 한 이랑씩 고구마 싹을 심다 보면 신기하게도 생명력을 잃었던 싹들이 흙냄새와 촉촉한 단비를 맞으면서 싱싱히 되살아났다.

한여름날 자줏빛 줄기들이 제법 무성해진다. 그 줄기들을 따서 껍질을 벗겨내고 삶아 나물을 해 먹었다. 잎은 잎대로 삶아 된장국을 끓여 먹었다. 어른들을 따라 고구마 줄기를 따러 가서 밑이 들었는지 궁금하여 줄기를 따라 흙을 헤쳐 보면 엄지손가락 크기의 어린 고구마들이 정말 신기하게도 자라나고 있었다.

먹거리가 흔하지 않던 그때는 그것들이 먹기 좋은 크기로 밑이 잘 들기를 기다려 추수를 끝낸 늦가을 날 온 가족이 함께 동산 아래 밭으로 간다. 밑이 잘 든 고구마를 어른들이 한 이랑씩 캐면 어린 우리는 그것들을 가마니에 주워 담는다. 식구들 중 힘이 가장 센 오빠들이 그것들을 지게에 져 집으로 나른다. 집에 돌아온 후 어른들은 뒷방 두 곳에 천장이 다 닿을 정도의 높이만큼 짚으로 엮은 둥근 장을 만들어 그것들을 보관하였다. 대가족이던 그때 그것은 우리 가족의 겨우내 중식이나 밤참거리가 되었다. 삶은 고구마는 시원한 동치미를 곁들여 먹는 것이 제격이었다. 아궁이 장작불에 구운 고구마는 담백한 단맛을 더해준다. 여러 가지 맛을 즐기려고 날것으로 깎아 먹거나 흰 눈 속에 묻어 살짝 얼려 먹기도 했다.

어릴 때 식습관이 성장해서도 지속되었던지 신혼 초, 설을 맞아 고향 친정집에 갔었다. 어릴 때처럼 삶은 고구마가 먹고 싶어진 나는 올케언니께 삶은 고구마를 부탁하였다. 그 찐 고구마를 어릴 때를 회상하며 맛있게 먹었다. 그런데 그것이 급체가 될 줄이야! 그날 저녁 밤새 고생을 하였다. 그 후 그것이 입덧임을 알았고 고구마를 즐겨 먹는 것을 안 남편은 종종 군고구마를 사 들고 왔다.

식생활의 변화로 먹거리가 많아진 지금 아이들은 고구마를 그리 즐겨 먹지는 않는다. 그러나 나는 내 아이들에게 영양가 높은 고구마의 맛을 즐기게 하고 싶다. 자연의 맛은 여러 가지 화학약품을 첨가한 맛과는 차원이 다르다는 것을 알게 하고 싶어서이다.

그리움의 흔적들

꿈나무

　오늘은 문학 강좌에 가는 날이다. 다른 날보다 매주 이 날은 마음이 분주하다. 시부모님에 남편 아이들 뒷바라지에 바쁜 시간을 쪼개 나만을 위한 온전한 시간이기에 신경이 곤두선다. 큰아이 도시락 준비를 시작으로 차례로 아침밥을 차린다. 그중에 늦둥이 다섯 살 난 아들 녀석이 제일 말썽이다.

　오늘 아침에도 잠에서 깬 아이는 텔레비전 앞에서 시간 가는 줄 모르고 어린이 프로에 푹 빠져있다. 나는 대야에 물을 떠 와 세수와 양치를 시킨다. 옷을 입히고 밥을 먹이는데 아이는 태평하게 로봇장난에 빠져있다. 난 그런 아이의 뒤를 쫓아다니며 밥을 먹이느라 분주하다. 집에서 아이 유치원과의 거리가 좀 멀리 있다 보니 유치원 버스가 나의 집에 제일 먼저 온다. 마음이 조급해진 난 은근히 화가 치민다. 그동안 참아왔던 것이 오늘 아침에 그만 폭발하고 말았다. 회초리를 들어 아이에게 심한 훈육을 하였다. 엄마의 노여운 모습을 알아챈 아이는 눈물을 글썽이며 얌전히 앉아 밥을 먹는다. 평소와 같이 가방을 메고 다녀온다는 인사를 한 후 밖으로 나간 아이가 밖의 날씨가 쌀쌀하였던지 다시 뛰어와 외투를 챙겨달라며 입고 나간다.

아이를 보내고 난 분주히 문학 강좌에 나갈 준비를 한다. 막 나가려고 할 때 전화벨이 울린다. 수화기를 드니 아이 유치원 선생님이시다. 유치원에 도착한 아이가 울적해하며 엄마에게 전화를 걸어 달라 하였다 한다. 곧이어 아들의 목소리가 들린다. 아이는 울먹이는 목소리로 "엄마 나 이제부터 밥 잘 먹을게" 한다. 순간 난 눈물이 핑 돈다. '네가 아픈 만큼 성숙하였구나.' 나는 속울음을 삼키며 "그래 엄마가 매를 들어서 미안해 친구들과 사이좋게 놀다 와"

전화기를 내려놓고 난 한동안 멍하니 나의 부족함을 반성한다. 늦은 오후에 아이가 집에 돌아오면 꼭 껴안아주고 뽀뽀도 해주며 '엄마는 너를 이 세상에서 제일 사랑한단다.' 말하며 아이의 상처 난 마음을 보듬어 줘야겠다고 생각한다. 가해자는 엄마인데 아이가 먼저 화해를 청해왔으니 엄마의 부족한 모습을 보인 것 같아 부끄럽다. 아이를 키우면서 부모로서 미성숙한 모습을 보일 때가 종종 있다. 아이를 키우는 것이 아니라 부모로 함께 성숙되어 감을 느낀다. 오늘 아이를 통해 엄마로서 부끄러운 모습을 발견하고 그동안 살아오면서 미성숙한 모습으로 남에게 마음의 상처를 주지는 않았는지 반성을 하게 된다.

　요즈음 정신보다 물질이 앞서가는 세태가 되다 보니 순진무구한 아이들을 상대로 범죄가 흉흉해지고 있다. 심지어 부모가 자식을 이용하는 범죄까지 천륜을 저버린 그 범죄자들뿐 아니라 우리는 누구나 부모로서의 자격을 제대로 갖추고 있는지 다시 한 번 생각하게 된다. 어린이날을 제정한 소파 방정환 선생님은 '어린이 찬미'라는 글에서 이렇게 말하였다.

　"죄 많은 세상에 나서 죄를 모르고, 부처보다도 예수보다도 하늘 뜻 그대로의 산 하느님이 아니고 무엇이랴. 어린이의 살림에 친근할 수 있는 사람, 어린이 살림을 자주 들여다볼 수 있는 사람, 배울 수 있는 사람은 그만큼 행복을 얻을 것이다. 어린이와 마주 대하고는 우리는 찡그린 얼굴,

성낸 얼굴, 슬픈 얼굴을 못 짓게 된다. 잠깐 동안일망정 그 동안 순화되고 깨끗해진다."

이 얼마나 교훈이 되는 표현인가. 우리 부모 된 이들 모두는 품 안의 자식도 하나의 인격체임을 늘 상기하며 '보배로운 미래의 꿈나무로 키워갔으면' 하는 바람을 가져본다.

그리움의 흔적들

노란 눈망울

　겨울의 덫에 걸려 잠든 이른 봄을 깨우며 홀로 일어서는 나무가 있다. 타~닥 노란 꽃망울 터트리며 눈인사 건넨다. 지리산 산동면에 초봄이면 부지런한 꽃단장을 끝낸 산수유가 노란 꽃무리를 이룬다. 일천여 년 전, 중국 산동성의 한 처녀가 이곳 산동면에 시집오면서 가져다 심었다 한다. 그 후에 산동이란 지명이 생겨났고, 그녀는 먼 이국땅에 시집와 살면서 산수유나무를 혈육 보듯 벗 삼듯 했을 것이다. 산동처녀의 그리움이 절절이 묻어나듯 노란 꽃잎이 애잔하다. 산수유가 산동마을의 특산물로 자리를 잡은 것은 약 이백여 년 전쯤이라 한다. 지리산 준봉에 둘러싸여 논은 적고 밭이 척박하였기에 산동 사람들은 산수유를 심어 약재로 팔아 생계수단으로 삼았다 한다.

마을은 삼십여 호의 농가가 노란 꽃 품에 포근히 안겨있다. 돌담길 사이마다 만개한 산수유 꽃 웃음이 맑게 번진다. 마을은 한갓진 고샅길이 옛 모습을 간직하고 있어 마치 고향에 온 것처럼 정겹다. 농가 지붕에 부서지는 봄 햇살도 노란 꽃구름 위를 걷는다.

초봄이면 새벽을 밝히듯 봄맞이 발길들로 북적인다 한다. 미로 찾기 하듯 이 골목 저 골목을 쉴 새 없이 돌아본다. 집집마다 돌담이 높이 쌓여있다. 푸른 이끼가 낀 동글동글한 돌담 아래 패 놓은 장작들이 차곡차곡 쌓여있는 걸 보니, 아직 재래식 아궁이 부엌인가보다.

마을길 옆 계곡물이 시원스레 흐른다. 발길은 저절로 그곳에 머물고 반석 틈으로 흐르는 계곡물에 막혔던 체증이 시원히 뚫리는 느낌이다. 수줍게 피어난 노란 산수유 꽃들 계곡물에 제 얼굴을 비춘다. 이곳저곳에서 카메라 셔터소리가 요란하다. 우리 일행도 아름다운 계곡을 배경으로 추억 한 장씩 담아본다. 순간 노란 산수유 꽃으로 활짝 피어난다. 계곡물은 맑고 깨끗하여 청정약수로 바로 마셔도 될 것 같다.

평화롭기만 한 산동마을에 전설 같은 슬픈 사연이 있다.

그리움의 흔적들

오랜 시간이 흐른 여순사건 때의 일이다. 주인공 산동처녀 백부전의 이야기는 이렇게 시작된다. 백부전의 본명은 백순례, 그녀는 위로 오빠 셋에 언니 하나를 둔 산동면 상관 마을 백씨 집안의 막내딸이다. 오빠 둘은 이미 세상을 떠났고, 어머니는 대를 이어야 한다며 막내딸 부전이 셋째 오빠의 희생을 대신하길 바랐다. 그녀는 꽃다운 열아홉 나이에 셋째오빠를 대신하여 토벌대의 오랏줄에 묶여 산동마을을 뒤로 두고 처형장으로 끌려가야 했다. 처형장으로 끌려가며 불렀다는 산동애가는 이렇게 시작된다. '잘 있거라 산동아 산을 안고 나는 간다. 산수유 꽃잎마다 설운 정 맺어놓고…' 그 순간의 백부전의 심정을 고스란히 담고 있는 가사다. 지리산은 한 많은 세월을 품에 안고 있는 듯하다. 울음처럼 토해내는 눈물방울만큼이나 작고 노란 산수유꽃망울이 그녀의 넋인 냥 애처롭다.

애잔한 사연을 담고 있는 산수유 꽃잎 사이를 쏘다니는 꿀벌들의 비행이 평화롭다. 들녘 저편에 새끼들과 평화롭게 풀을 뜯고 있는, 흑염소들의 눈망울 속에도 산수유 노란 꽃잎이 그렁그렁 맺혀있다.

눈꽃

　2월 하순이 동면에서 깨어나지 못하고 동해로 가는 길을 하얗게 지우고 있다. 몇 시간 전에 우리가 떠나왔던 서울은 봄을 곧 준비해야 할 것 같았는데, 나뭇가지들이 혹독한 추위를 온몸으로 받으며 하얀 눈꽃을 피워 올린다. 설원의 아침을 맞은 외설악 초입은 차량의 체증으로 뒤엉켜 있다. 거북이걸음을 치는 차량 행렬로 조급증이 난 사람들이 하나둘씩 차 안에서 내려 와 눈길을 걷는다. 나와 남편, 막내아들이 그 대열에 합류한다. 핸들을 잡은 큰아들만이 차 안에서 음악을 들으며 이 상황을 잘 견디고 있다. '그래, 아들아! 어떠한 장애물이 너의 길을 막는다 해도 이렇게 꿋꿋이 너의 길을 헤쳐 나가거라.'

눈을 한 움큼 뭉쳐 지난 시간을 향해 던져본다. 발걸음은 어느새 타임머신을 타고 유년의 시간 속으로 빠져든다. 하얀 날개를 단 천사들 깔깔깔, 언 손을 호호 불며 빙판에 넘어져 엉덩방아를 찧는다.

우리 가족이 이번 여행을 계획한 것은 곧 입대를 앞둔 큰아들과의 시간을 함께하기 위함이다. 이곳 외설악은 눈꽃세상이다. 지난 큰아들의 성장 과정이 하얀 눈 속에 주마등처럼 스쳐간다.

아들아! 넌 내게 엄마라는 이름과 함께 새로운 세상을 열어주었지. 종손인 네 아빠의 늦은 결혼으로 너의 탄생은 온 가족의 축복이었다. 그러나 그 기쁨도 잠시뿐, 네 조모님의 병환과 끝없이 이어지는 크고 작은 사건들이 이 엄마 앞에 기다리고 있었다. 새내기 엄마에게는 그 시간들이 참으로 견디기 어렵더구나. 엄마의 마음 상태는 늘 편안하지 못하였고, 종가의 종손인 네게 거는 기대만큼 엄마로서 최선을 다하지 못하였구나. 이제 와 생각해보면 별 탈 없이 잘 성장하여준 것만도 고마운 일인데, 지금은 못내 아쉬움과 미안한 마음뿐이다. 이십여 년 세월이 빨리도 흘러갔구나. 다시 그 시간들을 되돌릴 수만 있다면 좀 더 성숙된 엄마로 역할을 잘 해낼 수 있을 것만 같은데, 너와 네 십 년 터울 늦둥이동생 두 형제가 있어 그나마 그 시간들을 잘 견디어 왔다고 생각된다. 너희 형제의 미래는 드넓게 펼쳐진 당당한 꽃길이었으면 한다. 이 눈꽃 핀 세상처럼 막힘없는 밝은 빛이었으면 싶다. 곧 입대할 나의 큰아들아! 2년여 후에는 보다 늠름하고 씩씩한 사나이가 되어 돌아오거라. 어느새 네가 청년으로 성장한 것처럼 시간은 또 그렇게 빠르게 흘러갈 것이다.

이런저런 상념들 속에 오랜만의 오붓한 가족이 함께 걷는, 이 하얀 눈길이 흐뭇함으로 밀려온다. 신 새벽의 눈길을 걷는 것처럼 마냥 마음이 설렌다. 발목이 푹 잠길 정도로 눈은 길섶마다 높은 산을 쌓았다. 앞서간 발자국을 따라 걷는다. 옆 계곡에는 세월의 풍랑을 채 이기지 못한 거목들이 쓰러져있다. 풍랑에 휘어진 노송의 가지에도 멋진 설경을 그려놓았다. 날갯짓할 때마다 흰 눈발 뿌려대는 멧새의 모습이 정겨운 아침이다. 한 가지 색만으로 이렇듯 멋진 세상을 펼쳐놓은 것이 경이롭다. 흰 눈을 밟으며 설악산 흔들바위 등산로를 향해 출발을 한다. 지친 삶 잠시 내려놓듯 정상에 이르렀다. 겨울 설악은 눈과 바위가 어우러져 장관이다.

그리움의 흔적들

설악정상에서 눈 세례를 맞으며 우리는 따끈한 국물에 오징어순대를 곁들여 동동주를 마신다. 부모와 자식이라는 끈끈한 울타리, 지나간 시간 부모의 역할에 부족함이 있었다면 저 눈 속에 하얗게 지우고 좋은 기억들만 간직하기를…. 겨울산사 지붕 위에 햇살이 내려와 앉는다. 하얀 카펫이 깔린 신흥사 넓은 요사체를 한 바퀴 둘러본다. 법당에 들어 촛대에 불을 밝힌다.

님들의 침묵
- 문학기행 -

하나: 찬바람이 옷깃을 스친다. 바스락 바스락 떨어져 내린 낙엽들을 밟으며 화석정에 올랐다. 흐름의 물살을 탄 임진강이 한눈에 들어온다. 군무에 덮인 먼 산맥들과 휘돌아 내리는 강물이 한 폭의 동양화를 그린다. 흐린 날씨 탓일까! 지난 먼 시간 속에 있는 듯 착각을 불러일으킨다. 율곡 이이 선생의 발자취가 남아있는. 십만 양병설을 주장한 선생은 바쁜 일정에도 이곳 화석정을 자주 찾았다고 한다. 주변의 환경들이 휴식처로 안성맞춤이라 시상이 절로 떠오를 듯하다. 선생이 어린 나이에 지었다는 팔세부시(八歲賦詩)가 이곳 내부에 걸려있다.

숲속 정자에 가을이 이미 깊으니/ 시인의 시상 끝이 없

그리움의 흔적들

어라./ 멀리 보이는 물은 하늘에 잇닿아 푸르고/ 서리 맞은 단풍은 햇볕을 향해 붉구나./ 산 위에는 둥근 달이 떠오르고/ 강은 만리에서 불어오는 바람을 머금었네./ 변방의 기러기는 어느 곳으로 날아가는고?/ 울고 가는 소리 저녁구름 속으로 사라지네.

　어린 율곡의 뛰어난 감수성을 엿볼 수 있는 시다. 늦가을 이맘때쯤 시상을 떠올렸을 듯싶다. 시공을 초월한 자연의 오묘함 앞에 감탄이 절로 나온다. 관직을 물러난 후에도 제자들과 함께 쭉 이곳에서 여생을 보냈다고 하니, 이곳 화석정에 대한 애착이 남달랐을 듯싶다. 어린 율곡과 성년이 된 선생의 모습을 한꺼번에 만나 본 듯한 착각을 불러일으킨다. 의인은 표본처럼 우리들 가슴 속에 늘 영롱히 살아 숨 쉰다. 그의 뜻을 다시 깊이 새기며 아쉬움을 뒤로한 채, 다음 일정으로 발길을 옮긴다.

　둘: 청백리로 후대의 귀감이 된 조선조 때의 명상 황희 정승의 발자취를 찾았다. 반구정, 앙지대에 올라서니 흐름을 멈추지 않는 강물이 한눈에 들어온다. 호젓하게 산책을 즐기기에 적합한 장소이다. 철새들이 강물 위를 유유히 떠

다닌다. 뿌연 안개비가 드리워진 강 저편에 열을 지어 연달아 공중으로 날아오르는 기러기 떼, 임의 넋인 양 반가움으로 다가온다. 주변 경치에 빠져 한참을 정자에 머물다 꿈속에서 깨어나듯 돌계단을 내려온다. 황희 정승의 동상이 우뚝 서 있다. 왕으로부터 청백리로 녹선 되기까지의 애환과, 나라와 백성을 위해 일평생 헌신한 그의 치적이 자세히 기록되어 있다. 의인의 높은 뜻은 당대의 백성들을 편안한 안식처로 이끌었을 것이다. 결코 순조롭지만은 않았던 삶, 좌천 두 번, 파직 세 번, 몇 년의 귀양살이 등, 굴곡진 그의 삶에서 지혜도 많이 얻었으리라. 젊은 날 들을 지나가다가 농부로부터 '짐승이라도 못한다는 말을 좋아할 리 있느냐'고 하는 말을 들은 후로는, 평생 남의 단점을 말하지 않았다는 이야기 등, 그의 일화는 익히 우리에게 많이 알려져 있다. 바스락거리는 단풍 카펫을 밟으며 그의 발자취를 따라가 본다. '혼탁한 세상일수록 한 사람 의인의 높은 뜻은 더욱 돋보인다.' 하였던가. 조용조용 내리는 빗줄기도 그의 높은 뜻을 기리는 듯하다. 오백 년 선상을 무색케 하는 시공을 초월한 그의 뜻을, 가슴속에 다시 깊이 새긴다.

셋: 휴전 이후 천혜의 환경이 잘 보전되어 양질의 청정

그리움의 흔적들

농산물이 생산 공급된다는 정착촌 통일 마을을 찾았다. 예로부터 기름진 옥토와 깨끗한 물, 공기로 이 지역에서 생산되는 쌀, 콩, 인삼은 장단 삼백이라 하여 임금님께 진상되었던 품목이라 한다. 예약해놓은 집 대청마루에 둘러앉아, 청정 농산물로 지은 밥에 된장국, 비지찌개, 손수 만든 두부에 배추겉절이, 톡 쏘는 동동주를 곁들여 맛있는 점심을 먹는다. 어느 진수성찬이 부럽지 않다. 집주인 부부의 신선한 찬거리로 정성을 다한 흔적이 곳곳에 배여 입맛을 더욱 돋운다. 주인은 예비역 부사관 출신으로 현재는 이곳에서 농사를 지으며 문학공부를 하고 있다 한다. 우리 일행을 맞이할 준비로 몇 날 며칠 밤을 새워가며 애써 설치해 놓은 이층 공간에서, 각자의 특기를 살려 시 낭송 시간을 가졌다. 분위기는 점점 무르익고 문학의 이해라는 주제로, 우리의 의식이나 생활에는 삼이라는 주술적인 요소가 뗄 수 없는 관계라는 주제로, 불교의식, 삼귀의례, 정·반·합에 기초한 변증법적 논리, 삼단논법, 삼위일체관 등으로 시작된, 강서문학 회장님의 강의 또한 일품이다. 귀한 시간으로 마음이 뿌듯해온다.

행사가 끝난 후 밖으로 나오니 내린 비로 땅이 촉촉이

젖어있다. 마을길을 한 바퀴 둘러본다. 군사분계선 남방 4.5km 지점이라 긴장감이 감돌 것이라는 생각과는 달리 마을과 들녘이 평화롭다. 흐린 날씨 탓으로 저편 이북 땅을 볼 수 없는 것이 못내 아쉽다. 분단의 벽을 하루빨리 헐어 내었으면 하는 바람을 가져본다. 때가 되면 욕심 없이 떨구어내는 저 가을 초목들처럼 내 안의 욕심, 집착의 누더기들도 덜어내야겠다. 평온한 다음 계절을 맞이하기 위해서….

그리움의 흔적들

동터 오르는
새벽길

차창으로 밝은 빛이 스민다. 눈이 시리도록 푸른 바다를 끼고 길은 구불구불 끝없이 이어진다. 해안선을 따라 검푸르게 넘실거리는 파도. 동해 저 끝 호미곶을 향해 차는 숨가빠 달린다. 고기잡이배들의 바쁜 움직임, 갈매기들의 춤사위 따라 어깨가 절로 들썩여진다. 작은 포구의 갯마을이 고향처럼 푸근하게 다가온다.

차에서 내리니 후~욱 해풍이 거세게 몰아친다. 저편에 육중한 자태를 뽐내며 풍력발전기가 어지럽게 돌아간다. 해는 이미 한 발이나 나와 있다. 해풍을 가르며 소원 하나씩 안고, 한반도에서 해가 제일 먼저 떠오른다는 동해일출을 향해 가까이 간다.

해안을 무대로 넓게 펼쳐진 눈부신 붉은 햇살을 조형물

인 '상생의 손'이 장엄히 떠받들고 있다. 화합의 의미를 담고 새천년에 세워진 상생의 손, 오른손 왼손이 서로 마주보고 있다. 햇살은 늘 떠오를 것이고 양손은 그 붉은 햇덩이를 늘 변함없이 받아낼 것이다. 벅찬 마음으로 햇살을 한 아름 온 가슴으로 받아낸다. 이 순간이 오래 마음속에 각인될 것만 같다. 눈부신 이 장관을 마주하기 위해 지금 이 순간까지 존재하고 있는 듯한, 착각을 불러일으킨다.

누군가 부르는 것 같아 뒤를 돌아본다. 연오랑 세오녀상이 눈에 들어온다. 연오랑 세오녀 설화, 해와 달의 전설

'신라 아달라왕 4년 바닷가에 연오랑 세오녀 부부가 살았다. 하루는 연오가 바다에 나가 해조를 따고 있던 중, 갑자기 바위가 연오를 싣고 저 건너 이웃나라 일본 땅으로 가버렸다. 비상한 사람이라 여긴 일본 땅 사람들은 그를 왕으로 삼았고, 남편을 찾아 헤매던 세오는 벗어 놓은 신발을 보고, 다시 그 바위에 올랐다. 바위는 그전처럼 세오를 싣고 일본으로 가버렸다. 부부는 상봉을 하게 되었고, 그 나라의 왕과 왕비가 되어 살았다. 이때 신라에는 해와 달이 정기를 잃어 빛을 볼 수 없게 되었고, 연오랑 세오녀 때문이라 여긴 신라의 왕은, 일본에서 두

　　　　　　　　　　그리움의 흔적들

사람을 찾아오도록 명령하였다. 그러나 다시 돌아올 수 없는 왕(연오)은 왕비(세오)가 짠 비단을 주며, 이것으로 하늘에 제사를 지내면 빛을 다시 찾을 수 있을 것이라 했다. 그 말대로 돌아와 비단을 놓고 제사를 지내니, 신라는 다시 예전처럼 빛을 볼 수 있었다. 이후 그 비단은 임금의 창고에 간직하여 국보로 삼고, 그 창고를 귀비고라 이름하였다.'

높이 8m로 청동을 이용해서 조각한, 두 사람이 정답게 마주 보고 있는 모습을 중심으로 조각상 좌대는 두 사람을 일본에 싣고 간 바위를 암시하고, 바닥 조형물은 영일만과 동해의 물결을 상징한다. 원형의 둥근 조형물은 이 땅을 밝게 비추는 해와 달을 상징하며, 바닥 조형물에는 영원히 꺼지지 않을 촛불을 밝혔다. 원형 조형물 중앙의 검은 부분은 일본에 전파한 선진문물인 비단을 의미하고, 연오랑 세오녀의 설화처럼 비단은, 해와 달을 상징하는 국가제천행사의 제물로 이용되고 있다. 현재도 포항문화원에서는 매년 일월신제를 올리고 있다고 한다.

다시 돌아 나오는 길 들녘에는 푸르게 일렁이는 청보리 밭이 넓은 품을 벌리며 펼쳐진다. 오래 못 본 벗을 만나듯 반가운 보리밭 길이다. 옛 어린 시절 매번 밥상에 오르던 꽁보리밥이 먹기 싫었던 기억이 새롭게 되살아난다. 입안에서 깔깔하게 씹히던 그 맛, 구수하게 우러난 숭늉 맛은 그래도 일품이었다. 부모님 세대에는 그 꽁보리밥조차 귀하여 '보릿고개 넘기기가 그리 힘이 들었다.'고 어린 날 밥상머리에서 투정을 부릴 때면 부모님은 종종 말씀하곤 하였다.

웰빙 바람을 타고 꽁보리밥이 별미가 되었다. 옛 추억을 떠올리듯 찾아다니며 먹는 걸 보면, 오늘은 돌아가는 길에 보리밥집을 찾아 꽁보리밥에 구수한 숭늉 맛을 즐겨야겠다. 옛 고향집 그 구수한 숭늉 맛이 그립다.

거센 해풍으로 몸은 휘청이지만 여러 가지 볼거리로 마음은 풍요롭다. 동해 일출의 상생의 손이 상징하듯 우리 모두 살아가는 동안 손 마주잡고, 평화스럽고 건강한 삶을 영위하길 소망해본다.

그리움의 흔적들

등나무

　대지의 오랜 갈증을 풀어주듯 비가 주룩주룩 내린다. 고속도로변 양옆으로 신록이 싱그럽게 일렁인다. 비에 젖어 땀방울이듯 눈물방울이듯 망울져 흘러내린다. 왼편 산등성이에 등나무가 병풍처럼 둘러있다. 싱그러운 보랏빛 꽃송이 매달고 수런수런 이야기 나누고 있는 듯하다. 자칫, 지루하기 쉬운 고속도로변에 등나무를 심어올린 지혜가 감탄스럽다. 등나무는 흰 꽃을 피우는 백등나무, 겹꽃을 피우는 겹등나무가 있다. 이들은 겹등나무인 듯하다. 우리가 휴식을 취할 때 편안하게 기대고 앉는 등받이의자는 이 등나무 나골풀 줄기를 이용하여 만들어진다 한다.

　등나무에 대한 추억 하나가 떠오른다. 내가 시어른들께 첫 선을 보이던 날, 시댁 대문에 들어서는 순간 맨 처음 눈에 들어온 것은, 앞뜰에 푸르게 일렁이던 등나무가지와 잎들이었다. 마치 등나무수목원을 방불케 하는 일층 앞뜰에서 이층으로까지 새끼를 꼬듯 단단한 몸통을 여러 줄기로 말아 올려, 퍼렇게 깃을 세우고 위로 위로만 뻗어 있던, 그 줄기가 내 몸을 곧 조여 올 것만 같은 두려움과 긴장감으로 졸아듦을 느꼈다.

그해 가을에 시집온 나는 등나무 가지에서 떨어진 낙엽과의 씨름으로 하루 일과를 시작하곤 하였다. 봄에는 연둣빛 신록에서 흰 꽃송이를 주렁주렁 매달고 여름에는 초록빛으로 짙어지면서 시원한 그늘을 만들어주곤 하였다. 그 후 이러한 계절을 여러 번 맞은 어느 날, 숱한 곡절을 겪은 등나무는 결국 베여 나갔다. 나의 시댁이 그 몇 년 사이에 많은 일들을 겪어낸 후의 일이었다. '꼬여 올라가는 식물이 집 안에 있으면 가정사도 꼬인다.'는 옛 속설 때문이었던 것도 같다.

시댁은 서울 안의 변방처럼 시골 분위기의 집성촌으로 이루어진 마을이다. 일가친척이 모두 한동네에 살다 보니 집 안팎으로 집안행사가 줄을 이었다. 늘 분주하기만 하던 어느 날 시어머니께 찾아온 병환은 내게 또 다른 숙제로 남겨졌다. 나와 남편 부부라는 명칭이 아직 낯선 때의 일이다. 칠남매 중 막내로 철없이 자란 내게 종부로 살아야 하는 일은 감당하기 버거운 일이었다. 때때로 힘들고 복잡한 마음을 남편에게 위로 받으려 하였지만, 종부로 당연히 감당해야 되는 일인 것처럼, 남편은 나의 안식처가 되어주지 못했다. 내 마음은 뜬구름에 떠도는 사람처럼 늘 안절부절이었다. 우리의 신혼은 앞마당 등나무 줄기처럼 늘 얽혀 지쳐있었다.

관계가 까다롭게 얽혀 풀기 어렵거나 서로 마음이 맞지 않을 때, 갈등이 생겼다라고 말한다. 갈등(葛藤)은 칡 '갈' 자와 등나무 '등'을 일컫는 말로 칡은 왼쪽으로 등나무는 오른쪽으로 꼬여 올라, 서로 자라지 못한다는 연유로 '갈등'이라는 말이 나왔다 한다. 갈등을 풀면 푸른 잎도 피우고 예쁜 꽃도 피워내는 것인가!

사람이나 자연계나 제자리 제 위치에서 최선을 다할 때 그 빛을 발하는 듯하다. 등나무와 길동무하며 지루한 줄 모르고 고속도로를 빠져나와 한적한 국도로 들어선다. 비구름을 거둬낸 지리산이 한눈에 펼쳐진다. 지리산 초입에서 출발. 노고단을 향해 올라간다. 등나무 줄기처럼 길이 구불구불 곡예를 하듯 굽어있다. 비온 뒤 말끔히 목욕 단장한 지리산이 등나무 흰 꽃처럼 깨끗하다. 굽이굽이 계곡을 끼고 돈다. 깊은 산중에서 흘러내리는 계곡물이 경쾌한 리듬을 탄다. 잠깐의 휴식을 위해 황토 빛 물이끼를 머금은 계곡으로 내려선다. 쉼 없이 흘러내리는 계곡물에 손을 담가 본다. 짜릿한 감촉이 마음속 노폐물까지 말끔히 씻어내 주는 듯하다. 바위틈 고인 물속에 막 깨어난 듯한 올챙이들이 까맣게 무리를 지어 노닌다. 산 좋고 물 맑은 이곳에서 유유자적 노닐고 있는 새끼 올챙이들이 마냥 평화로워 보인다. 잠시만 머물러 있어도 마음이 곧 깨끗이 정화될 것만 같은, 지리산 계곡을 따라 오를수록 심오해지는 지리산은 말로 표현할 수 없는 어떤 신비로움이 서려있다.

지리산 경관에 흠뻑 빠져 오르다 보니 드디어 노고단 정상이다. 이곳에서 자생하는 풀꽃들과 작은 풀벌레들조차 신비롭게 느껴진다. 백등나무 숲이듯 하얀 운무가 뭉게뭉게 펼쳐진다. 등나무 향긋한 꽃 향이 아닌 매캐한 운무향이 코끝으로 스민다. 아슬아슬 곡예 하듯 구름바다 위를 걷는다. 저 멀리 등성이로 아슴푸레 알 수 없는 물체들이 움직이며 운해 속으로 사라지곤 한다. 산행하는 사람들이다. 노고단 운해에 빠져 허우적대듯 몸이 둥~ 떠 있는듯하다.

그리움의 흔적들

발아래는 아스라한 낭떠러지다. 저 아래 낭떠러지로 구르면 곧 하늘로 통할 듯한, 아찔한 현기증이다. 이곳으로부터 영영 빠져나가지 못할 것 같은 두려움이 엄습해온다. 막막한 인생길에 놓인 것처럼 잠시 방향 감각을 잃고 서 있다.

꿈속이듯 누군가 내 어깨를 툭 친다. 악몽에서 깨어나듯 정신이 번득 든다. 여기까지 이 시간까지 한 방향만을 바라보며 함께 왔던 남편의 존재를 잠시 잊고 있었다. 남편의 어깨에 살포시 몸을 기댄다. 이제야 남편의 어깨가 등받이 의자처럼 편안한 느낌으로 다가온다. 뒤따라온 듯 등나무 흰 꽃송이들이 뭉게뭉게 구름처럼 몰려든다. 그 틈새를 비집고 보랏빛 꽃송이들도 나풀나풀 손짓을 한다. 'I have a dream' 차 안 CD롬에서 들려오는 아바의 노래가 오늘따라 경쾌하다. 차바퀴가 등나무줄기처럼 단단한 지리산자락을 부여잡고 굽이굽이 되돌아 내려온다.

등짐

　가정의 달 오월 새벽부터 내린 비가 대지를 촉촉이 적셔
준다. 오늘 아침 텔레비전 방송에서는 아버지라는 주제로
발언대를 마련하였다. 지나온 삶의 발자취에서 아버지를
회상하며 딸의 입장에서 이야기를 풀어나간다. 첫 번째 발
언자는 '딸만 내리 여섯을 둔 그녀의 아버지는 아들자식을
얻지 못함에 한탄하여 폭음을 일삼다 그만 병을 얻어 불귀
의 몸이 되었고, 그 후 그녀의 어머니는 유복자 아들을 낳
아 잘 키웠다 한다. 어릴 때는 그러한 모습의 아버지가 이
해가 안 되었고 원망도 많이 했었다.'고 이제 와 생각하니
세상 떠난 아버지만 안 되었다며 눈물을 훔쳤다. 두 번째
발언자는 '아들자식 둘을 병과 사고로 가슴에 묻고, 딸자식
들은 아랑곳없이 평생을 잃은 자식만 생각하는 아버지가

　　　　　　　　　　　그리움의 흔적들

이해가 안 되었다.'고 이제 그녀가 가정을 이루어 살다 보니 예전 아버지의 마음을 조금은 헤아릴 것 같다며 눈시울을 적셨다.

　위의 두 사연들에서 우리의 전통적인 아버지상을 보는 듯하여 짠한 마음이 든다. 한 가정의 가장으로 가정의 혈통을 이을 자식은 필수였고, 가정이라는 모든 책임을 양어깨에 짊어져야 했으니 평생이 고달팠을 것이다. 순조롭지 않은 삶에 폭음과 흡연을 일삼다 건강을 해쳐 단명하게 되는 원인도 되었고, 가장의 부재는 온 가족을 힘겨운 삶의 소용돌이로 밀어 넣었을 것이다. 급속한 사회의 변화로 요즘 아버지의 자리가 많이 흔들리고 있다. 아버지는 그 집안의 든든한 기둥이자 뿌리이다. 가장의 부재 어른의 부재는 가정이나 사회를 멍들게 한다.

　유년시절을 돌아보면 아버지의 자리는 한 집안을 가득 채우는 중요한 자리이며 정신과 정서를 바르게 세우는 자리였다. 아버지가 읍내에 다녀오실 때면 온 가족이 재 넘어까지 마중하였다. 나의 어머니는 아버지가 부재중일 때에도 집에 계신 거나 다름없이, 제일 먼저 아버지 몫의 진지를 떠서 두셨다. 간혹 귀한 음식을 먹을 기회라도 아버지

몫이 제일 먼저였다. 그것을 보며 자란 나는 아버지는 가정에 매우 귀한 분이란 생각이 들었다.

나의 아버지도 유난히 자손욕심이 많았다. 슬하에 5남을 두고도 손주도 아들손자만 원하셨다. 뜻한 대로 자손이 번성하다 보니 걱정도 많으셨을 게다. 걱정과 염려되는 일이 있을 때면 흡연을 많이 하셨다. 그로 인해 건강이 나빠져 말년엔 금연을 하셨고, 자손들에게 '흡연은 건강에 백해무익이니 절대 금하라.' 당부하곤 하였다. 결국 니코틴의 누적으로 병을 얻어 여든두 해의 생을 마감하셨다.

엊그제 5월 1일은 아버지의 두 번째 기일이었다. 우리 동기간은 고향을 향해 출발하였다. 들녘은 오월의 눈부신 햇살과 형형색색의 빛 고운 들꽃과 산 벚꽃 푸른 숲의 나무들의 향연까지 계절의 여왕답게 행복한 꿈에 젖어있다. 자손들이 한자리에 모여 아버지의 기일을 기렸다. 흐뭇해하시며 편안히 영면하실 것이다. 우리는 51년 전 아버지가 손수 보금자리를 튼 고향집에 모여 옛날을 회상하였다. 남달리 담력이 있으셨던 아버지는 일제강점기와 동란을 겪으며 주변 분들을 평소 성품처럼 지기를 발휘해 위기에서 구해주곤 하였다고 한다. 아버지는 자손들이 장성하여 군복

그리움의 흔적들

무를 마치고 돌아오면 사회의 일원으로 인정하며 넥타이 매는 것과 술을 손수 따라주시며 주법까지, "술은 어른 앞에서 배워야 혀." 자상한 모습을 보여주었다. 권위적이면서도 현실의 흐름에 잘 적응하여 자손들과의 대화에도 조금도 손색이 없으셨던, 기개와 기품을 함께 지녔던 나의 아버지, 오늘 아버지의 자리를 다시 생각하게 한다.

유년의 나의 고향집 사랑채에는 마을 어른들이 방 안 가득 늘 모여 있었다. 어른들은 마을의 크고 작은 일들을 의논하며 든든한 울타리로 자리매김하였다. 시간의 흐름을 타고 그 울타리는 점점 불귀의 몸이 되어 다 허물어졌다. 주인 잃은 사랑채에는 아버지의 옛 사진만이 그날을 회상하게 한다. 존재해 계신 것만으로도 온 집안을 가득 채웠던 아버지의 자리, 그 자리는 매우 크고 넓어 차마 그 부피를 헤아릴 수가 없다. 빈자리에서야 비로소 깨닫게 된다.

세대의 변화로 요즘은 어른의 위상과 기개가 많이 사라졌다. 안타까운 마음으로 가정의 달 오월에 아버지의 자리에 대해 다시 생각하며 아버지상이 재정립되기를 기대해본다.

목탁소리

　늦은 밤 서울에서 출발하여 밤길을 가르며 숨 가쁘게 차는 달린다. 대여섯 시간 만에 우리는 포항 시내에 도착하였다. 차 안에서 뒤척인 탓인지 온몸이 찌뿌듯하다. 비몽사몽간에 차에서 내린 시각은 새벽 세 시. 스산한 바람이 오싹하니 온몸을 엄습해온다. 옷깃을 단단히 여미고 일행들과 칠흑 같은 어둠을 뚫고 산책로를 따라 오른다. 계곡물이 쏴~아 어둠을 삼키며 흘러내린다. 웅장하게 자란 거목들이 가지가 휘어질 듯 거친 소리로 휘~익 획~ 부채질을 해댄다.

　온통 산으로 둘러싸인 이곳에는 빛이라곤 하늘의 별빛뿐이다. 이 별빛조차 없다면 이방인의 발길은 영락없이 꽁꽁 묶일 것이다. 꿈인 듯 생시이듯 어디선가 목탁소리가 들려온다. 문득 계조암(繼祖庵)에 얽힌 설화 하나가 떠오른다.

　"언젠가 계조암의 내력을 들은 한 스님이, 왜 수도가 빨리 되는지 내력을 캐려고 계조암을 찾았다. 아무리 보아도 그 이유를 알 수 없고 밤과 낮을 잠만 자며 게으름을 피우던 어느 날, 불상 앞에서 낮잠을 자는데 잠결에 어디선가 목탁소리가 들려왔다. 잠을 깨어 돌아보니 주위는 고요할 뿐이었고, 다시 어렴풋하게 잠이 들었는데 또 목탁소리가 들려왔다. 계속되는 소리에 잠도 이루지 못하고 소리를 쫓아 밤낮으로 염불을 하게 되었다. 어느 사이 수도가 쌓여 득도의 경지에 이르게 되었고, 도를 닦고 계조암을 떠나야 할 기일이 되었는데 잠결에 노승 한 사람이 찾아와 '그대는 왜 목탁 속에서 살고 있으면서 목탁소리가 어디서 나는지 몰라 고민하느냐, 내일 날이 밝거든 계조암 앞의 달마봉에 올라 바라보면 목탁이 보일 것이다.'라고 일러주었다. 다음 날 달마봉에 올라보니 계조암의 지붕인 큰 바위가 꼭 목탁과 같고, 그 옆으로 흘러내린 산줄기는 목탁방망이와 같음을 알 수 있었다."

소리의 방향을 따라 발길을 돌린다. 왼쪽 모퉁이로 희미하게 도량석이 보인다. 신기한 보물을 찾은 것처럼 반가움이 앞선다. 이곳이 바로 우리 일행이 새벽 별빛을 받으며 찾아 헤맨 그 '보경사'다. 보경사는 경북의 금강이라 불릴

만큼 경치가 빼어난 내연산 산기슭에 포근히 자리 잡고 있다. 신라 진평왕 25년(602년)에 창건된 천년고찰로, 웅장하고 수려한 종남산을 등에 업고, 좌우로 뻗어난 내연산 연봉에 둘러싸여 있다. 소폭포로 이름이 높은 그윽한 계곡에서 흘러내리는 맑은 시냇물을 껴안고, 포근하게 배치되어 있다. 주변의 산수가 수려한 자연 경관들이 고찰의 면모를 확연히 보여주고 있다.

우리 일행이 경내로 들어서니 마침 어둠 속에서 새벽 예불을 마친 스님들이 목탁을 치며 도량석을 돌고 있다. 모두 숨소리조차 줄이며 법당에 들어 마음을 모아 부처님 전에 삼배를 올린다. 스산하던 좀 전의 마음이 차분히 가라앉는다.

새벽을 깨우는 목탁소리가 내 마음에 울림으로 다가온다. 게으름만 피우다 어둠 속을 헤매던 지난 시간들이 청정히 깨어난다. 바로 앞 나무만 볼 줄 알았지 이곳 경관처럼 빼어난 너른 숲은 보지 못한 좁은 소견으로, 나의 주변에 얼마나 많은 상처와 피해를 주었을지, 후회와 회한으로 부처님 전에 고개 숙여 참회한다.

이제 늘 깨어있는 마음으로 거울처럼 닦고 또 닦아, 이곳 새벽 청정한 공기처럼 주변을 밝히고 맑힐 수 있기를,

부처님 전에 다짐하듯 합장하며 고개를 다시 든다. 이곳 보경사는 서역에서 처음으로 불법을 중국에 포교한 마등, 법란 두 도사가 산천 환경이 빼어난 동해안 명산 중 명당인 이곳을 선택하여 팔면(八面) 보배거울을 못 속에 묻고 절을 지었다 한다.

보경사 주위엔 울창한 송림이 우거져 수령 팔백 년이 넘는 고목들이 고찰의 면모를 한껏 보여주고 있다. 내연산 기슭의 십 킬로미터에 달하는 보경사 계곡 속에는, 열두 폭포가 이어져 세계에서도 드문 곳으로 한여름엔 피서객들로 붐빈다고 한다. 약 1.5킬로미터쯤 되는 곳에 제 일폭인 쌍생 폭(높이 5미터)이 있고, 관음 폭과 연산 폭은 그중 유명한 폭포라 한다. 다음 일정 때문에 둘러보지 못하는 것이 못내 아쉽다.

주변 경관과 절묘하게 어우러진 '보경사'를 나서며 발걸음이 한결 가벼워진 느낌이다. 이곳의 자연경관들이 훼손되지 않고 오래 잘 보존되기를…. 도량석 목탁소리의 여운이 한동안 나의 무딘 가슴을 울려줄 것 같은 지금은 초봄이다.

보름달

이제 며칠 있으면 한가위다. 모든 곡식과 과실이 무르익어 풍성하며 마음도 풍요롭다. 달은 밝아 명절 중에 명절이라. '더도 말고 덜도 말고 늘 한가위만 같아라.' 추석은 秋夕月에서 유래되어 예전 농가에서 추석날 밝은 보름달은 친숙함과 여유로움이었다. 한 해 농사인 곡식들을 봄에 씨를 뿌려 자연과 일체가 되어 정성을 다해 가꾸면, 여름에 성장기를 거쳐 가을에 열매를 맺고 늦가을에 수확을 한다. 그 햇곡식으로 반달 모양 송편을 빚어 조상님께 예를 올리는, 자연과 인간의 조화, 조상님과 후손들의 이어짐이다. 추석 한가위는 우리 고유의 전통명절이다.

내가 종부로 소중한 아이들의 대를 이어준 조상님께 예를 올리는 것도 어느덧 열다섯 해를 맞는다. 종가의 맏며느리로 모든 것이 서툴기만 했던 내게, 시어머님은 하나둘 가

그리움의 흔적들

르침을 주셨다. 추석 일주 전 나박김치, 배추김치, 오이소박이, 깍두기 등 양념을 골고루 하여 담근다. 적당히 익힌 김치들을 냉장고에 넣어 보관하고, 추석 삼사 일 전에는 제례 상에 올릴 포, 적, 과일, 다과 등 여러 제사거리를 골고루 사들인다. 추석 연휴 동안 먹을 찬거리와 송편 빚을 준비를 끝내면, 추석 전날에는 그것들을 만들기에 분주하다. 집안이 번화한 시댁은 추석연휴 삼사 일간 삼사십 명 일가친척들이 모인다. 새댁 때는 이러한 행사들이 버겁고 불편하였다. 예전에 비해 많이 간소화되었음에도, 해가 거듭될수록 일가친척이 한자리에 모여, 조상님을 생각하며 유대감을 가질 수 있는, 이 시간들이 소중함으로 다가온다.

요즘 명절도 여러 변화로 간소화되었다. 휴가지에서 예를 올린다는 말도 있다. 한 해 농사인 햇곡식을 차려놓고 조상님께 예를 올리는 의미도 있지만, 한 조상의 자손으로 혈육의 정을 나누며 조상님께 감사함을 되새기는 뜻도 함께 있지 않을까 한다.

어릴 적 명절 행사를 되돌아보면 여러 번거로움이 있었다. 자급자족하는 농가 풍경은 어머니들이 손수 장만하는 음식이 많았다. 송편을 만들 때도 햇벼를 베어와 낱알을 털어

절구통에 여러 번 쩌, 흰쌀을 내어 그 쌀을 물에 불려 절구통에 또 여러 번 쩌, 체에 내려 그 떡가루로 반죽을 한다. 송편 속은 밭둑에 심은 콩대를 꺾어와 깍지를 까서 콩으로 소를 넣고 알밤도 삶아 넣고 참깨도 볶아 넣었다. 어릴 때는 콩 송편보다 밤, 참깨를 넣은 송편이 맛나 골라 먹었던 기억이 난다. 명절음식을 온 가족이 함께 시끌벅적 준비하던 정겨운 모습들이 떠오른다. 콩가루 송홧가루를 꿀이나 조청에 반죽하여 다식판에 찍어내어 만든 다식은, 어린 입맛을 돋우기에 충분했다. 어머니가 추석날 입으라며 장만해 둔 새 옷을 장롱 속 깊숙이 고이 간직하였다가, 명절날 아침에 곱게 차려입고 친구들을 만나 서로 뽐내며 견주던, 그 뿌듯한 풍요의 마음으로 보름달을 보며 소원을 빌던, 어린 날 고향마을의 정겨운 모습이 그리움으로 이맘때쯤이면 되살아나는 추억이다.

문명의 편리로 모든 것이 풍요롭고 간편해진 요즘, 우리는 더 채우지 못한 것에 대한 빈곤이 늘 마음속에 자리 잡고 있다. 빈곤 속에 풍요가 있듯 작은 일에도 감동할 수 있는 마음의 정서를 다시 지펴 올렸으면 싶다. 한가위 밝은 보름달을 바라보며 작은 소원이라도 한 가지 빌어보는 여

그리움의 흔적들

유를…. 어릴 때 어머니가 그랬듯이 아이들에게 산뜻한 옷 한 벌씩 장만해 주어야겠다. 방마다 예쁜 꽃무늬로 도배를 하고 집 안과 밖을 깨끗이 단장을 한 후 추석맞이를 하였듯이, 정갈한 마음으로 추석맞이를 해야겠다. 송편 속에 넣을 콩 대와 알밤을 장만하여 아이들과 함께 콩깍지 속에 콩이 몇 개 들어있는지 밤을 까면서 소소한 추억들을 만들며 작은 행복을 느끼고 싶다.

봄꽃 여인

　남도로 가는 길은 어느새 봄이다. 해는 높이 솟아 따사롭고 새싹들도 파릇파릇 봄나들이 나왔다. 잔디처럼 파랗게 일어선 보리밭 이랑 위로 아지랑이가 아른아른 피어오른다. 봄철이면 우리는 어미닭이 노란 병아리 떼 몰고 다니듯, 아이들 손을 잡고 놀이공원 딸기농원으로 나들이를 다녔다. 어느덧 시간은 유수처럼 흘러갔고 오밀조밀 귀엽게 뛰어놀던 아이들은, 어느새 청년으로 성장하였다. 세월의 그림자는 그런 우리에게 중년이란 이름을 붙여주었다. 이 여인들이 모처럼 삶의 여유를 찾아 오늘 봄꽃 여인이 되었다.

　남도를 향한 나들이, 길 넓게 펼쳐진 섬진강의 백사장과 푸른 물결이 무거웠던 머리를 맑게 씻어준다. 가장 이른 시기에 봄소식을 전해준다는 섬진강 매화꽃 축제에 참가했

　　　　　　　　　　　　　　그리움의 흔적들

다. 섬진강 백오십 리 물길이 광양만으로 치닫는 끝자락에, 그 섬진마을의 청매실 농원이 있다. 삼월 봄날이면 연분홍빛 매화꽃향기로 넘쳐나는 섬진마을, 갓 채취해온 어린 쑥, 고사리, 머위, 돌미나리 좌판 가득 싱그러운 봄 내음을 풍긴다. 한 아름씩 이것들을 보듬고 앉아있는 할머니들의 모습이 마치 손주를 돌보고 있는 것처럼 정겹다. 향이 천리를 간다 하여 붙여진 몇 묶음의 천리향까지 봄 향기로 길목을 누빈다. 매실차와 매실장아찌, 매실 류 시음식이 있어 우리도 그 대열에 끼여 맛을 음미해본다. 새콤달콤한 맛과 향이 입 안 가득 고인다.

꽃길을 따라 다시 조붓한 길을 오른다. 농원은 일제히 만개한 매화꽃봉오리들로 절경을 이뤘다. 팝콘 튀기듯 화사한 봄꽃들이 마치 천연색 물감을 흩뿌려놓은 듯하다. 꿈속을 헤매듯 환상적인 매화꽃밭을 한참을 그렇게 거닐었다. 청. 홍. 백 삼색 매화가 하늘 가득 번져간다. 어디선가 흥거운 매화타령이 흘러나올 듯하다.

또 다른 한편에는 꽃밭 가득 탐스러운 몸짓을 한 수천여 개의 장독대가 즐비하게 놓여 장관을 이룬다. 이 장독 속에는 매실로 담근 차, 장아찌, 장류, 온갖 매실 류가 그 특유의 향내를 뿜내며 숙성되고 있었다. 마침 공중으로 은빛 햇살을 받으며 모 방송헬기가 촬영 중이다. 높은 곳에서 바라보는 이곳 풍경은 어떠할까. 자연이 그려놓은 대작은 이런 것인가!

꽃구름을 타고 오르듯 다시 산중턱을 향해 한참을 거슬러 올랐다. 고고한 선비정신처럼 하늘을 향해 곧게 뻗은 대밭길이 이어진다. 푸르게 서걱대는 댓바람소리가 싱그럽다. 산중턱에 올라서니 발아래로 눈꽃처럼 하얀 매화 꽃밭이 펼쳐진다. 저 멀리 섬진강의 푸른 물결과 지리산자락도 한눈에 들어온다. 푸른 물줄기의 섬진강과 지리산자락이 절묘하게 어우러져 아름다운 풍광을 여실히 드러낸다.

우리는 잠시 자연의 일부가 되어 나비처럼 매화꽃밭에 묻혀, 재첩 국에 매실장아찌를 곁들여 맛있는 점심을 먹는다. 정지된 시간처럼 스스럼없는 대화 속에 함박웃음이 매화꽃밭에 시나브로 번져간다. 우리 중년의 봄은 이렇게 피어나고 있었다.

그리움의 흔적들

봄꽃자리

새벽녘 꿈자리를 털고 일어선다. 간밤에 내린 비로 땅이 촉촉하다. 움츠렸던 벚나무 가지들이 기지개를 쫙 펴는 싱그러운 길, 팝콘이 터지듯 가지마다 흐드러지게 흰 꽃을 피워 올렸다. 화창한 이 봄날에 마음이 잘 통하는 벗과 함께한다는 것은 행복한 일이다. 이 순간만은 모든 걸 함께 공유할 수 있기에 묵혀두었던 얘기들을 스스럼없이 다 풀어내게 된다. 마음은 어느새 얼음이 녹듯 스르르 풀려 얼굴엔 밝은 미소가 번진다. 매년 맞이하는 봄이지만 이 봄은 생의 단 한 번뿐이기에, 이 순간을 새롭게 기쁘게 맞이하고 싶다.

사락사락 흰 꽃잎 휘날리는 꽃길을 걷는다. 길섶에 파릇파릇 돋아난 세 잎 클로버 되어 행복한 방랑자가 되어, 심산유곡 시원한 물소리가 경쾌한 리듬을 타고 흘러내린다.

삼나무 숲으로 난 작은 오솔길 소담한 정취에 빠져든다. 서걱서걱 댓잎 부딪치는 소리가 산사의 독경소리처럼 은은하다. 물소리, 바람소리, 새소리 평화로운 깊은 산중이다.

이곳은 불일암으로 드는 작은 오솔길이다. 삼나무 숲을 지나 대숲으로 이어지는 인적 드문 조붓한 흙길이다. 침잠하듯 명상하듯 조용히 혼자 오르기에 안성맞춤일 듯싶다. 대나무 뿌리가 길섶 위로 뾰족뾰족 올라와 징검다리 역할을 한다. 울퉁불퉁 발에 느껴지는 촉감이 오묘하다. 우수수 쏟아져 내린 연분홍 벚꽃잎이 카펫 길을 내어 발돋움이 더 경쾌하게 한다.

조계산 자락에 단아하게 자리 잡고 있는 이곳은, 무소유의 삶을 실천하시는 법정스님이 손수 가꾼 자그만 암자다. 스님은 이 좁은 흙길을 수없이 오르내리며 비우고 또 비워내며 성불하셨을 것이다. 한곳에 오래 머물면 욕심 집착이 생긴다 하여 스님은 다시 강원으로 거처를 옮기셨다. '한 꺼풀 한 꺼풀 훨훨 벗어 버리고 싶어 더 깊은 산중으로 잠적하는 것이라'고 스님은 말씀하였다. '더 투명해지고 싶고 더욱더 단순해지고 싶어서라'고 주인 없는 빈집 토마루에 허름한 의자 하나가 방문객을 편안한 안식처로 이끈다. 이 의자는 스님이 손수 참나무를 이용하여 만드셨다 한다.

버거운 삶 잠시 부려놓고 편안히 쉬었다 가라는 듯, 난 잠시 참나무의자에 기대앉아 앞산으로 펼쳐진 전경들을 바라본다. 훨훨 비워내고 나면 이리 가뿐한 걸 뭘 그리 많은 걸 부여잡고 살았던가!

　이곳 불일암은 최소한의 것만 갖추어놓은 작은 암자다. 스님이 손수 가꾼 작은 뜰은 딸기, 쑥, 머위, 온갖 풀들이 아기자기한 숲을 이루어, 정겹게 서로 몸을 부비며 살뜰한 정을 키워내고 있다. 살포시 고개 내민 노란 수선화 몇 송이가 스님의 모습이듯 반긴다. 뒤란 나무 위에 작은 새 한 마리 아스라이 높은 가지 끝을 배회한다. 오늘은 저 가벼운 몸짓이 부럽다. 물질의 풍요 속에 마음은 늘 가난하기만 했던 지난 삶을 돌이켜본다. 물질보다 마음이 풍요로울 때 우리는 가장 행복한 모습이 아닐까! 탐욕스런 우리 삶을 책망이라도 하듯 이곳은 산새의 둥지처럼 맑은 영혼이 곳곳에 배어 있다.

　자연은 거짓 없고 욕심이 없기에, 그 속에 들면 스스로 자연인이 되어 모든 걸 훌훌 털어낼 수 있게 되는가 보다. 홀로 가는 삶은 더 많은 책임 노력이 따를 것이다. 늘 깨어 있는 이들 자연처럼 쉬지 않고 부단히 스스로를 성찰하면서, 불현듯 어디론가 훌쩍 잠적하고 싶다. 어디로 간들 어디에 머문들 지금 이 자리만 할까! 모든 일은 마음 먹기 나름일 터, 지금 이 순간 이 자리가 봄꽃자리인 것을 …

그리움의 흔적들

살아 천년
죽어 천년

　곤돌라가 숲을 벽 삼아 운무를 헤집으며 조심조심 숨을 고른다. 해발 1520m 높이 설천봉을 향해 오른다. 마음은 스산하여 희뿌연 안개 숲처럼 공중 분해되듯 아찔하다. 자그만 집 속에 꼼짝없이 갇혀 곤돌라가 이끄는 데로 몸을 내맡겨야만 한다. 투명유리 밖은 온통 희뿌연 안개 숲뿐이다. 현실과 동떨어진 다른 세상 속으로 점점 밀려가고 있는, 예측할 수 없는 미로 속으로 자꾸 떠밀려간다.

　생명은 누구에나 소중한 것, 갈등의 삶일지라도 이 순간까지 숨 쉬며 살아온 것은 축복이고 행운인 것이다. 그동안의 삶이 가파른 오르막길이었다면, 이제는 가파른 내리막일 터, 오르막보다 내리막을 더 조심하여 한 발씩 차근히 내디려가야 할 것이다. 이 대자연의 숲처럼 함께 잘 살아가는 법도 배우며, 곤돌라가 점점 속도를 늦춘다. 드디어 설천봉 정착점이다.

잎도 없이 몸통만 죽은 듯이 서 있는 고목이 곳곳에 서 있다. 이들은 살아 천년 죽어 천년 간다는 생명력이 긴 주목이었다. 주목은 구상나무와 함께 이곳 덕유산을 대표하는 특산 식물이라고 한다. 살아 천년 죽어 천년을 산다는 주목은 쨍쨍 내리쬐는 햇빛을 그다지 좋아하지도 않고, 더 많은 햇빛을 받아들여 더 높이 성장하겠다고 발버둥 치는 것도 아니다. 느긋하게 아주 천천히 숲속의 그늘에서 적어도 몇 세기를 내다보며 유유자적한 삶을 이어간다. 오랜 세월이 지나면 자연적으로 주위의 다른 나무보다 많이 자라서 햇빛을 받는 데 불편함이 없다. 주목은 동서양을 막론하고 관재로 최상품이며 정원수로도 주목을 받는다 한다.

이제 덕유산 정상인 향적봉을 향해 올라가야 한다. 느닷없이 센 바람이 휘~이익 지나간다. 긴장감이 감돌듯 향적봉 정상을 향해 발걸음을 한 발씩 내딛는다. 수많은 발길들이 오르내렸을 목재계단이 습기로 촉촉하다. 등황색의 원추리 꽃, 자주빛 비비추가 손짓을 한다. 숲 양옆에 고로쇠

나무, 함박꽃나무, 신갈나무, 사스레나무, 호랑버들이 길 동무하여 함께 오른다. 이들이 있어 오르는 길이 지루하지 않다. 향적봉은 무주구천동 33경 중 제33경으로, 백련사에서 2.5km 지점에 위치해 있다. 덕유산을 정점으로 남으로는 지리산, 북으로는 속리산, 동으로는 가야산, 서로는 설장산, 사방으로 절경과 배경을 거울삼아 있다.

향적봉은 은은한 향기가 난다 하여 붙은 이름으로, 계절마다 색다른 아름다움으로 봄에는 철쭉과 진달래, 꿩바람꽃이 군락을 이루고, 여름에는 원추리와 범꼬리, 비비추, 가을에는 단풍, 겨울에는 멋진 상고대로 설경을 이룬다. 잠시 동안 자연 속에 들어 행복감에 젖어본다.

여기 죽은 듯이 서있는 주목은 오랜 시간 단련으로 단단한 몸통을 지녀 이 험준한 산중 비바람에도 쉽게 꺾일 것 같지 않다. 잎은 바늘잎 모양이나 소나무처럼 가늘고 긴 것이 아니라 납작하고 짧다. 표면은 사시사철 짙은 초록빛이며 뒷면은 연한 초록빛이다. 열매는 앵두만큼이나 고운 빛의 밝은 열매가 조그마한 컵을 달아놓은 것처럼, 연초록 잎사귀 사이사이에서 얼굴을 내밀고 있다. 컵 속에는 흑갈색의 종자가 한 개씩 들어있어 모양이 독특하다.

흔적을 남기기 위해 향적봉 정상 비 앞에서 오늘 함께 동행한 지인과 사진 한 컷씩 찍는다. 숲의 정기를 받듯 양팔을 쫙 벌려 긴 호흡을 해본다. 사방은 흰 뿌연 안개 숲인데 마음은 흰 구름 위에 붕 떠있는 느낌이다. 정상을 정복했다는 뿌듯함인지 이곳에 모인 사람들의 표정은 밝다. 모두 한 가족이 되어 있는 듯하다. 험난한 인생길에 희로애락을 겪으며 희망 하나 꿋꿋이 안고 이곳 정착점까지 온 것이다.

　백 년도 채 살지 못하는 인생길에서 매 순간 굴곡진 삶과 부딪히며, 꺾이려는 마음 다잡으며 지금 이 순간까지 지탱해온 것이다. 천년이란 긴 세월을 한곳만을 바라보며 꿋꿋이 삶을 이어가는 주목의 유유자적하는 생에서, 우리 모두 성찰하며 깨닫고 배워가야 할 것 같다.

　　　　　　　　　　　　　　　그리움의 흔적들

설경

　계절은 가을의 끝자락을 부여잡고 있다. 산촌마을의 정취가 물씬 묻어나는 야트막한 산과 마을을 지나 굽이굽이 첩첩산중으로 들어선다. 깊고 높은 산중에 부연 안개비가 스산하게 드리워진다.

　절친 중 한 집이 강원도 산골 외진 곳에 집을 지었다. 태어나 쭉 붙박이로 살던 도시생활을 접고 한적한 이곳 산촌에 새 보금자리를 튼 것이다. 한번 찾아와야지 하며 미뤄오다 오늘에야 시간을 냈다.

　지인은 한 가정의 종부로 힘겨운 시간을 보냈다. 시부모님이 차례로 투병중이어서 병수발에 집안 대소사를 해내느라, 늘 동분서주 여유 없는 분주한 생활이었다. 이제 훨훨 무거운 짐 내려놓고 여유로운 산촌생활이 되었으면 하는 바람이다.

마을길로 들어서니 주홍빛 감나무 몇 그루가 정겹게 맞이한다. 지인의 집 뜰로 들어서니 지인 부부가 벌써 나와 감빛처럼 환한 미소로 우리 부부를 반긴다. 처마 밑에 대롱대롱 매달린 감들이 꼬챙이에 꿰어진 채 곶감이 되어가고 있다. 지인의 살림솜씨를 엿볼 수 있는, 부부는 그렇게 산촌사람이 되어가고 있었다. 산 그림자가 마을을 덮자 감나무에 까치밥으로 몇 개 남겨놓은 주홍빛 감과 잎 사이로 을씨년스럽게 가을비가 추적추적 내린다.

지인과는 집성촌인 한 마을로 몇 년 차로 시집을 와, 시댁 종친이며 남편들도 절친이다. 한 집안의 종부로 하루도 마음 편할 날 없는 시집살이로, 비슷한 공감대로 속내를 드러내며 서로의 마음을 다독여온 시간이었다. 지나온 시간들이 단풍잎 곱게 물든 가을 빗속으로 하나둘씩 흩어진다.

빗속을 뚫고 불어오는 바람소리가 나뭇잎과 부딪히면서 휘파람소리를 낸다. 타닥타닥 장작불이 타들어가듯 산촌의 밤도 그렇게 푸근히 깊어간다. 도란도란 지난 우리의 이야기 속으로… 따끈한 온돌방에 금세 포근한 잠에 빠져든다. 꿈결이듯 소리에 벌떡 잠에서 깨어 창밖을 보니, 목화송이 날리듯 커다란 눈송이가 하늘에서 소복소복 내린다. 온통 하얗게 새벽을 밝히며… 이렇듯 소담스럽게 내리는 첫눈은

그리움의 흔적들

어린 날 이후 처음인 듯하다.

 창 넓은 밖의 펄펄 휘날리는 흰 눈의 절경을 감상하며 따끈한 아침밥상을 받는다. 지인의 정성이 가득 담긴 찬에 된장국 무쇠 솥에 끓여낸 구수한 숭늉이, 융숭한 대접을 받은 듯 푸근하다. 앞뜰 수북이 쌓인 흰 눈 위에 천진스레 뒹굴며 노는 누렁이에게도 정성을 다해 밥을 주는 지인의 모습이 정겹다.
 아직은 늦가을 조금 이른 감이 있는 첫눈이다. 가을은 아직 아쉬움이 남는지 서성이고 겨울은 재촉하듯 가을을 밀어낸다. 단풍잎 사이로 흰 눈송이가 피어난다. 붉은빛과 흰색의 조화가 아름답다. 높은 산등성이로 펄펄 휘날리는 흰 물결이 메말랐던 가슴을 촉촉이 적셔준다. 여러 지인들과 이 진풍경들을 감상하지 못하는 것이 못내 아쉽다.

 이십여 년 전 겨울 처음 지인 부부와 아이들을 데리고 이곳 강원 오지마을로 여행을 왔었다. 밤사이 소복소복 내린 눈이 허리까지 차올라 지난밤 약수터에 가기로 한 아이들과의 약속을 깨야만 했다. 그날의 기억이 어제 일처럼 새롭게 되살아난다.

지인부부와 아쉬운 작별인사를 하고 동해로 향한다. 자연 속에 들면 더 깊고 오묘한 것인지! 동해는 밤부터 내린 함박눈송이를 남김없이 다 받아 마셨던지 흰 포말을 일으키며 무섭게 달려든다. 접근경고라도 하듯 위풍당당한 모습이다.

동터 오르는 햇살을 받으며 파도가 다시 잠잠해진다. 첫 눈이 밤새 그림을 그린 듯 상고대로 피어났다. 굽이굽이 첩첩산중 설경에 탄성이 절로 나온다. 이정표가 홍천을 가리킨다. 다시 메마른 세상으로. 차 안 CD-ROM에서 들려오는 음악 때문일까! 지인과의 이별이 실감으로 다가오며, 갑자기 눈물이 핑 돈다. 지난 시간들이 주마등처럼 펼쳐진다. 해맞이와 단풍놀이로 동해를 향해 달려가곤 했던 시간들, 시간은 유수처럼 흘러 무딥던 청춘도 지나가고, 이제 가을 녘으로 접어들어 머리에는 하얀 서리가 곧 내려앉을 것이다. 운전대를 잡고 묵묵히 앞만 보며 가는 남편의 표정에도 쓸쓸함이 묻어난다. 한 마을에서 태어나 죽마고우로 함께 해왔던 시간들이 덧없이 느껴져 마음이 짠하다.

우리는 늘 미약한 모습으로 자연 앞에 선다. 세월 앞에 장사 없다고 여기저기 삐거덕거리는 몸의 신음소리를 들으며,

그리움의 흔적들

가을에서 겨울을 맞이해야만 할 것이다. 이른 첫눈으로 단풍나무 가지마다 상고대 피워 올리듯이, 우리의 가을과 겨울도 이 소담스런 흰 눈처럼 풍요롭고 아름답게 피워 올리리라.

솟아오른
햇살처럼

묵은해를 보내고 새해를 맞이하기 위해 우리 일행은 모두 들떠있다. 남편들의 제안으로 여섯 팀이 동해를 향해 출발하는 것으로 시작된다. 굽이굽이 높은 산맥으로 둘러싸인 이곳은 찾을 때마다 느낌이 사뭇 다르다.

여름은 높고 낮은 산맥마다 진 푸른빛으로 옷을 갈아입고 계곡의 물살은 힘차게 흐름을 더한다. 바다의 물빛은 힘차게 넘실대는 흰 파도와 어우러져 푸른빛을 더하여 보는 이로 하여금 시원함과 경쾌함을 한껏 느끼게 한다. 가을은 이미 낮은 기온의 산맥이 붉은빛으로 물들어가고 아직 따뜻한 기온을 유지하고 있는 곳은 푸른빛이 남아 울긋불긋한 옷을 갈아입고 있다. 붉은 산맥, 높고 푸른 맑은 하늘, 힘센 물살을 더하는 계곡 삼화음이 함께 어우러져 마치 신

그리움의 흔적들

선이나 선녀가 내려올 것 같은 신비함이 어려 있다. 겨울은 잎을 다 떨군 쓸쓸해진 나뭇가지마다 소복소복 눈꽃을 피워내어 약수를 뜨려 길을 오르다 보면 토끼나 새 발자국이 곳곳에 찍혀, 쓸쓸하기만 한 산하가 아니라는 것을 여실히 보여준다. 이번 여행길엔 높은 산맥의 그늘진 곳에만 희끗희끗 흰 눈이 조금 남아 있을 뿐 쌓인 눈은 볼 수 없다.

8년 전 이맘때 맨 처음 이곳을 찾았을 때는 인적은 드물고 굽이굽이 산으로만 둘러싸인, 문명이나 문화는 어디에든 찾아볼 수 없는 오지의 마을이었다. 산속 민박에서 하룻밤을 지내고 깊은 잠에서 깨어나 밖을 보니, 온 산하가 하얗게 눈 속에 덮여 경이로움과 함께 두려움이 엄습해왔던, 어린 시절 산촌에서 자라긴 했지만 이런 겨울은 처음인 듯하였다. 많은 시간 도심에 길들여진 몸이 불편함으로 다가오기도 했다. 그로부터 매년 한두 번씩 계절에 따라 찾게되는 이곳, 굽이굽이 한계령, 대관령, 미시령, 새로 난 구룡령 길 등, 등성이마다 산줄기가 마치 그림을 그려놓은 듯 산맥과 하늘이 맞닿아 있는 느낌이다. 이 자연의 장관 앞에 우리는 얼마나 약한 존재인가를 생각하게 된다.

우리는 삶의 편리에 따라 자연을 훼손하면서도 더 많은

혜택을 이 자연에게서 얻으려 한다. 이 자연과 산맥들은 훗날까지 영구적으로 남아야 할 것들이다. 우리 사는 동안 잠깐 누리며 살뿐인 이 자연을 후대에까지 온전히 보전하려면 많이 아끼고 사랑하며 보살펴줘야 한다. 우리의 이기심이 사계의 순환의 고리를 끊어버리는 건 아닌지 노파심 같은 우려를 하게 된다.

 우리 일행이 바닷가 숙소에 도착한 시각은 저녁 무렵이다. 잠시 휴식을 취한 후 저녁 12시가 되어 시내에서 묵은해를 보내고 새해를 맞는 행사가 있다 하여 달려가 보니 행사는 이미 끝나있다. 우리 일행은 추위를 피해 포장마차를 찾았다. 밤바람은 차가웠으나 하늘의 별빛과 달빛은 선명하게 밤을 밝혔다. 함께 간 늦둥이 아들 녀석은 하늘에 별이 많다며 즐거워한다. 포장마차를 거쳐 노래방에 들러 묵은 체증을 토해내듯 각자의 실력을 뽐내고 새벽 3시경에야 숙소로 돌아왔다. 네 시간 정도 잠을 청한 뒤 우리 일행은 또 서둘러 밖으로 향했다. 일출을 보기 위해 두툼하게 옷을 차려입고 분주히 숙소 옥상으로 올라갔다. 바닷가가 바로 눈앞에 펼쳐진 숙소 옥상은 일출을 보기에 안성맞춤이다.
 파도가 일렁이고 갈매기가 떼를 지어 날아다니는 모습이

눈에 들어온다. 바다 저 끝으로 오징어잡이 배의 불빛들이 반짝이고 있다. 추위에도 아랑곳하지 않고 밤새워 일손을 놓지 않은 어부들의 손길이 안타까운 마음으로 다가온다. 바닷가 모래사장에 차량들이 열을 지어 들어서는 모습이 보인다. 새벽바람이 몸을 움츠리게 하였지만 시선을 모으고 동해의 저편에서 탐스런 둥근 해가 떠오르기를 기다린다. 한참을 기다려도 동쪽바다 끝 저편에서 붉은 빛만 조금 발할 뿐 해는 떠오르지 않는다. 해돋이 장면을 보여줘야겠다는 생각으로 숙소로 내려가 곤히 잠든 아들아이를 깨워 다시 옥상으로 올랐다.

정각 아침 7시 45분경 붉은 해가 순식간에 불끈 솟아오른다. 등에 업힌 아들도 채 잠이 덜 깬 눈을 부비며 떠오르는 해가 신비한 듯 눈을 반짝인다. 큰 농구공 크기의 불덩이 빛이 온 우주를 밝히고 온 마음을 밝힌다. 묵은 것은 저 햇살이 비추는 바닷물에 깨끗이 띄워 보내고 새해에는 토끼처럼 부지런하고 힘차게 뛰어오르는 희망찬 한 해가 되기를 빌어본다.

오전에 잠시 휴식을 취한 후 바닷가 숙소를 떠나 차로 40여 분 거리에 있는 산속 민박집으로 장소를 옮긴다. 이곳은 산책로에 약수가 있다. 이 약수가 건강에 좋다 하여 요양하러 온 사람들이 많이 찾는 곳이기도 하다. 물맛은 철분이 많이 함유되어 있어 마시기에 좀 역하다. 남편들은 장작불로 방에 불을 지피고 밥을 짓느라 분주하다. 모처럼에 자유를 만끽한 부인들은 그동안 약수터에 오른다. 약수터를 내려와 때늦은 점심을 먹는다. 콩, 수수, 조, 밤, 대추 등을 넣어 밥을 짓고, 돼지고기에 향긋한 달래를 넣어 김치찌개를 먹음직스럽게 끓여놓은, 남편들의 배려에 아내들의 입에서 연거푸 감탄사를 터뜨린다. 그 어느 진수성찬보다 맛이 있었다. 식사 후 따뜻이 데워진 방 안에 모여 부인들은 지나온 이십여 년의 시간을 되돌려놓듯 이야기를 풀어놓는다. 모두 시부모를 모시는 맏며느리들인지라 공감대를 이루며 시간 가는 줄 모른다.

음식은 양념이 서로 어우러져야 제 맛을 내고, 과일도 농익어야 제 맛이 나듯 개성이 서로 다른 사람들끼리의 만남도 시간이 흐르면서 부딪히고 삭여지고 어우러지노라면, 상대를 조금씩 이해하게 되고 포용하게 된다는 걸 깨닫게 하는 시간이었다.

또 다른 인연으로 이번 여행길에 함께한 8여 년 결혼생활의 흑인남자와 한국여자, 이들 부부의 이야기 속에서 진실한 사랑 앞에는 모든 걸 초월할 수 있다는 걸, 진실과 따뜻한 마음, 배려 이런 것이면 나라도 인종도 초월할 수 있다는 걸 알게 하는 시간이다.

지난해 IMF의 한파로 온 국민이 참으로 많은 어려움에 처해 있었다. 이 난국을 슬기롭게 헤쳐 나가 지혜로운 국민의 면모를 다시 보여주기를…. 솟아오른 햇살처럼 힘차게 재기하여 희망이 싹터 오는 한 해가 되기를 간절히 빌어본다.

슬픈 눈

2010년 경인년 새해 아침에 날아온 비보는 청천벽력이었다. 망년인사와 새해인사를 문자로 받았고 수화기 너머로 많은 이야기 너와 주고받았었는데, 왜 이런 일이. 쿵 가슴이 무너져 내린다. 나의 어떤 말도 너에게 위로가 되지 못하였구나. 무슨 날벼락인지 이 현실을 어떻게 받아들여야 할지! 악몽을 꾸는 것처럼 몽롱할 뿐이다. 충격에 휩싸여 마음을 다잡을 수가 없다. 삶이 아무리 힘이 들어도 이건 아니다. 남은 가족들은 어찌 살라고…. 너는 어느 누구보다 지난 시간 최선을 다해 살아왔다. 삶이 널 속이고 세상이 너를 버렸다 생각했구나!

산촌 오지마을에서 태어나 어릴 때부터 영특함을 보였던 너는 할아버지를 비롯한 온 가족의 사랑을 독차지하며 어려움 속에서도 꿋꿋하고 늠름하게 성장하였다. 너와 나는

그리움의 흔적들

삼 년 터울로 막내고모와 장조카 사이로 한집에서 성장하여 나에게 넌 남동생 같은 조카였다.

　손재주가 많았던 너는 겨울이면 팽이를 보기 좋게 깎아 만들어, 얼음판에 빙빙 돌리며 넓은 세상을 향해 두루 살폈고, 방패연을 만들어 너의 꿈을 향해 하늘 높이 날려 보냈지. 어느 날은 연줄이 나뭇가지에 걸려 더 이상 날지 못하게 되자, 어찌할 줄 몰라 발을 동동 구르다 집 안으로 뛰어 들어와 구조를 요청하자, 온 가족이 나서서 걸린 연줄을 풀어 주었다.

　'호사다마라' 하더니 요 일이 년 사이에 군대의 최고의 자리라 할 수 있는 너의 진급과 네 아이들의 학업문제가 맞물리면서, 가정사나 경제적으로 많이 힘들어하던 그 모습을 지켜보면서도 네 가정사에 깊이 개입할 수는 없어, 이런저런 말로 조언만 하였을 뿐 해결해주지는 못하였구나. 어린 날 온 가족이 나서서 나뭇가지에 걸린 연줄을 풀어 주었던 것처럼, 많은 가족 중 어느 누구도 네 가정사이니 더 깊이 개입할 수 없어 풀어주지도 해답을 제시해주지 못하였다. 혼자서 타지에서 가슴앓이만 하다 결국 해답을 얻지 못하고 세상을 버렸구나! 남은 가족들 자책감으로 어찌 살아가라고… 시간을 되돌릴 수만 있다면 모든 걸 바로 잡아 네가 행복하게 살아가는 모습을 다시 보고 싶구나.

너는 여러 남매의 장남으로 중2 겨울방학 때 서울로 입성, 고3 때까지 할아버지, 할머니, 막내고모인 나와 생활하였지. 조부모님의 따뜻한 다독임으로 학교와 집밖에 모르던 너는 산촌에서 농사로 여러 남매를 키우던 네 아버지의 뜻에 따라 81년에 육군사관학교에 당당히 합격 입교하였고, 온 가족의 축하와 격려 속에 어릴 때 단련된 운동신경을 활용해 스케이트와 유도로 몸을 단련하고 서예로 마음을 다스리며 육사의 교훈처럼 지·덕·체를 겸비하며 맘껏 네 기량을 발휘하였지. 가족들은 네 얼굴을 한 번이라도 더 보려 버스를 여러 번씩 갈아타며 면회를 자주 갔었다. 동대문운동장 육·해·공 삼사체육대회와 교내화랑제는 온 가족의 기쁨으로 우의를 돈독히 하는 시간이었다.

입학과 졸업 4년여 제복 입은 모습은 네게 꼭 맞춤옷처럼 늠름하고 자랑스러웠다. 졸업 후 장교로 임관하여 최전방으로 부임하자 주위의 권유로 서둘러 가정을 이루었지. 외지로 외지로만 돌며 국가와 가족을 위해 몸과 마음을 바쳤던 청렴한 네 성품대로 만28년을 네 자신을 위한 삶보다

그리움의 흔적들

나라와 가정만을 위해 헌신하였던 시간들이었지. 몸과 마음을 바쳐 최선을 다하여 정상을 향해 오를수록 가족의 희생과 전적인 지원이 필요하였을 테인데, 그 복 하나 부족하여 희미한 빛조차 볼 수 없이 옴짝달싹 없이 올가미로 묶어 놓았으니. 그 마음속 우울감은 걷잡을 수 없는 깊은 수렁처럼 삶이 어찌 무참하지 않았으리. 네가 남긴 마지막 유언의 글들이 가슴을 후벼온다. '심신이 지쳐 삶을 더 이상 계속할 수 없다'던 말들이….

이 년 전 11월 대구 모 부대 연병장에서 취임식 날 축하 퍼레이드와 똑 부러지던 네 취임인사가 아직도 귀에 쟁쟁한데. 너의 마지막 가는 영결식장 육사동기회장의 추모인사에서 '네 영혼이 너무 맑고 투명하여 세파에 찌든 남은 이들에게 깨끗이 살아가라'는 뜻이냐며 울먹이듯 낭독하던 말이 공감되며 내 마음을 울린다.

한길만 알고 달려온 네게 현실은 너무 버거운 짊이었더냐! 어떻게든 너도 삶의 끈을 부여잡고 싶었겠지. 여러 장의 유서에 눈물자국이 그걸 말해준다. 15세 때 고향을 떠나 33년을 외지로 돌다 한 줌의 재로 다시 고향으로 돌아왔구나. 이제 너의 모습은 어디에서도 찾아볼 수 없다는 것이 맘 아프고 슬프다. 한 점 흐트러짐 없이 최선을 다해 살아왔는데 네게 돌아온 것은 허망뿐이었던 거야.

네가 이 세상에서 모습을 감추던 날 밤부터 펑펑 내리던 하얀 눈이, 그 다음날까지 계속 내려 온 세상을 하얗게 덮어구나. 서울에는 100여 년 만에 쌓인 폭설이란다. 길목들이, 온 세상이 마비가 되었다. 너의 맑은 영혼 슬픈 영혼이 세상에서 모습을 감추었으니 내 맘도 먹먹하니 마비가 된 듯하다. 그러나 내일이면 세상은 다시 아무 일 없었던 것처럼 다시 돌아갈 것이다. 그것이 너무 아프고 슬프다. 너의 굵고 짧은 생이 아프다.

우리 대가족을 대신하여 너의 명복을 빈다. 평생 가슴에 상흔으로 남아있을 일이지만, 너의 영면을 위해 놓아주어야만 할 것 같다. '모든 것을 놓아버리니 편안하다'는 네 생전에 몇 번 내게 되뇌던 말, 그 말뜻을 제대로 알아들었더라면 너를 잡을 수 있었을까! 후회한들 아무런 소용이 없는 일이 되었구나. 야망도 사랑도 훌훌 털어버리고 편안히 잠들거라. 사랑하는 나의 조카 이양노 대령 안녕! 안녕히….

그리움의 흔적들

시월에 내린
눈

　둔덕은 하얀 머리 나풀거리는 즐비한 억새밭길이다. 기와집 선홍빛 감들이 어우러진 고즈넉한 마을이 한 폭의 동양화를 그린다.

　등산로입구에 배낭을 둘러맨 등산객들로 만원을 이루었다. 나도 그 대열에 합류되어 삶의 무게 한 짐 지고 정상을 향해 발길을 내딛는다. 돌다리도 두드리며 가랬다고 욕심은 금물이다. 차례 지켜 한 발 한 발씩 발걸음을 잘 내디뎌야 서로 잘 오를 수 있다. 우리 삶의 여정도 욕심 부려 잘 살아지는 건 아니라고, 각자 주어진 삶에서 최선을 다하며 순리에 따라 살아야 한다고 자연은 늘 우리에게 말없는 깨달음을 준다. 자연을 벗 삼아 매번 산을 오르는 이유 중 하나이기도하다.

속리산은 팔경 중 하나로 예부터 산세가 수려하기로 이름이 알려진 곳이다. 경관이 뛰어날 뿐 아니라 고적이나 천연기념물도 풍부하다. 해발 1057m인 속리산은 화강암을 기반으로 변성퇴적암이 주를 이루고 있다. 화강암 부분은 날카롭게 솟아오르고 변성퇴적암 부분은 깊게 패여 있다. 높고 깊은 봉우리와 계곡은 가히 절경이라 비로봉, 길상봉, 문수봉 등 8봉이 있고, 문장대, 입석대, 신선대 등 8석문이 있다.

우리의 일정은 8석문 중 하나인 문장대를 향해 오르는 중이다. 등산로는 혼자 겨우 갈 정도로 길이 좁다. 뿌연 안개구름이 잔뜩 끼어있다. 눈이라도 한바탕 쏟아질 것 같은 날씨다. 설마 시월인데! 믿을 수 없는 이변이 일어났다. 갑자기 산발한 싸락눈이 마구 쏟아 붓는다. 금세 나뭇가지마다 하얀 꽃 피워낸다. 가을 낙엽 사이로 성큼 다가온 하얀 겨울의 얼굴이다. 산간벽지의 예상치 않은 이변은 겨울동화 속 같다.

문장대 오르는 길은 깨끗한 계곡미와 호젓한 분위기로 등산객의 마음을 한껏 부풀린다. 사락사락 내리는 흰 눈이 분위기를 한껏 더 고조시킨다. 정상이 가까워질수록 눈과 바람이 더욱 거세어진다. 산을 오르기가 힘들 정도다. 체

온도 떨어지고 귀경길 시간도 촉박하다. 다음을 기약해야 겠다며 일행은 의견을 모은다. 아쉬움을 뒤로한 채 하산을 한다. 인생길처럼 오르막길도 숨 가쁘지만 내리막은 더 조심할 일이다.

삶의 길 잘못 들어섰다고 실패한 인생이라고 포기할 수는 없다. 정상을 향한 실패는 있었지만, 허기진 시장기는 해결해야 한다. 예약해 놓은 횟집으로 들어선다. 횟집 입구 어항에 짙은 남빛과 은백색을 띤 송어 무리들이 유영한다. 살아 움직임은 환희다. 유연한 몸짓이 곱고 아름답다. 따뜻한 방 안에 들어 몸을 데운다. 곧 상이 차려지고 좀 전에 팔딱팔딱 살아 움직이던 송어회도 수북이 차려져 나온다. 염치없는 식욕은 좀 전에 아름답게 유영하던 송어의 환상은 곧 잊고, 미개인처럼 배를 채우기에 바쁘다.

시월에 내린 싸락눈으로 빠른 겨울을 속리산 문장대에서 맞이하였다. 흰머리 나풀거리는 억새밭 길을 다시 나온다. 바람에 쓰러질 듯 일어서는 만추의 끝자락은 작별하는 뒷모습처럼 쓸쓸하다. 다음에 다시 속세에 묻히듯 이곳 속리산 문장대 수려한 산세에 흠뻑 빠져보리라.

신토불이

필름이 한 컷씩 풀어지고 차창 밖은 스크린의 화상처럼 배경이 깔린다. 하늘은 파란 바다 빛이다. 청초히 한들거리는 길섶 코스모스는 새색시처럼 말끔한 모습이다. 한적한 시골길을 마냥 흔들리며 간다. 넓게 펼쳐진 들녘은 일제히 고개 숙인 벼이삭으로 황금물결을 이룬다.

가지마다 탐스런 열매를 맺은 빛 붉은 사과가 풍요를 알알이 알린다. 군침이 입안에서 새큼히 감돈다. 이 열매를 맺기까지 농부의 손길, 하늘의 염원이 닿았을 것이다. 손수 농사짓지 않고 쉽게 구입하여 먹는 도시 사람들은 수고의 손길에 감사함보다 비싸다는 말만 되풀이한다. 마을 어귀마다 불빛을 밝혀놓듯 주렁주렁 달린 다홍빛 감들이 고향의 정취를 담뿍 담는다. 감빛은 가을의 상징이다. 저편 길녘에 길둥근 붉은 열매를 따는 아낙들의 모습이 보인다.

그리움의 흔적들

이곳은 구기자의 산지 청양이다. 구기자는 한약재로 사용한다. 어린순은 볶아 차를 만들거나 데쳐 나물로 무쳐 먹는다. '뿌린 대로 거둔다.'는 옛 속담이 떠오른다. 자연은 정성을 쏟는 만큼 거짓 없이 풍요를 알린다.

고향 마을이 가까웠다. 들녘에 가을걷이로 분주히 움직이는 농군의 모습이 보인다. 유일하게 고향에 남아 자연과 호흡하며 자연의 섭리대로 살아가는 순박한 사람들이다. 친정집에 도착하니 어머니가 우리를 반긴다. 수입산이 성행하는 요즘 곳곳에서 신토불이를 외친다. 내 나라 우리 땅에서 난 것이 우리 몸에 좋은 것이다. 이웃의 부탁도 있고 곡류 양념류를 구입하러 차로 여러 시간을 달려 친정집에 오게 되었다. 형제가 많은 친정집은 큰오빠 부부만 이곳 고향 땅에서 농사를 짓는다. 도심에서 생활하는 다른 형제들은 가을이면 어김없이 연례행사처럼 고향 땅에서 키운 곡류와 양념류를 구입하여 쓴다. 비교할 수 없이 고향의 맛자연이 주는 신선함을 맘껏 만끽한다. 어머니와 나는 마당가에 자리를 펴고 앉아, 알맞게 건조된 붉은빛 고추를 수북이 쏟아놓고 꼭지를 따고 이물질을 깨끗이 닦아낸다. 이 고추농사를 짓느라 큰오빠와 큰언니는 얼마나 많은 수고의 손길로 땀방울을 흘렸을까! 고마움과 짠한 마음이다.

　이튿날은 텃밭 유실수로 탐스럽게 열매를 매달고 있는 감, 대추, 모과, 표고버섯 등을 거둬들인다. 다섯 살 늦둥이 아들 녀석은 그림책으로만 보았던 것을 직접 체험하니, 신기한 듯 수를 세며 열심히 그릇에 주워 담는다. 오후에는 황금빛 들녘으로 나갔다. 우리의 생명처럼 암술이 꽃가루를 만나 수정을 해 영글어 쌀이 되고, 그 외에는 쭉정이로 남는 벼들도 치열한 생존경쟁을 하는 것이다. 우리는 이것을 양식으로 늘 섭취하며 생존을 이어간다. 공기의 고마움을 모르듯 곡식의 감사함을 모른다. 오빠와 언니를 도와 분주히 볏단을 둑으로 옮긴다. 쓰러진 벼는 빨리 세워주지 않아 싹이 나 있다. 낟알이 풍성한 걸 보니 풍작임이 분명하다. 어릴 때 아버지는 들녘에서 오실 때면 볏목 하나씩 따 들고 오셨다. 낟알이 많고 적음에 따라 풍년인지 흉년인지를 가늠할 수 있었기 때문이다.

　농기구의 발달로 요즘은 농사일이 훨씬 수월한 줄 알았다. 실제로 체험을 해보니 참으로 손이 많이 간다. 이순을 훨씬 넘긴 나이까지 오빠와 언니는 이 뜨거운 태양빛 아래서, 이 많은 일들을 해왔었다는 생각을 하니 코끝이 찡하다. 자식

여럿 뒷바라지에 여념이 없다 보니 살림집도 살기 편하게 개조하지 못하고 예전 그대로 사용하고 있다. 다만 그 어렵다는 자식농사는 잘 지어냈으니 그것이 보람이고 살아가는 낙일 것이다. 뜨거운 햇살 아래 힘은 들지만 동산에서 불어오는 솔솔 바람으로 기분은 상쾌하다. 끙끙대며 볏단을 나르던 어린 아들 녀석이 낱알 하나를 벗겨본다. '어! 쌀이 나오네.' 신기해하는 아이의 모습에서 순수하던 나의 어린 유년을 떠올린다.

하교 길 들녘은 온통 아이들의 놀이터였다. 가을걷이를 끝낸 논에 벼 그루터기만 남는데, 그 논바닥에 동전 크기의 자그만 우렁이 집이 있다. 그곳을 파헤쳐 보면 싱싱한 우렁이가 슬며시 고개를 내민다. 시간 가는 줄 모르고 우렁이를 잡다 보면 빈 도시락 통에 우렁이가 가득 찼다. 뿌듯한 마음 안고 집에 돌아오면 저녁 밥상 뚝배기에 보글보글 끓인 우렁이 된장찌개가 구수한 맛을 내며 그 어느 진수성찬 못지않았다. 그때를 떠올리며 우렁이 집을 찾아보지만 눈에 띄지 않는다. 허전한 마음에 잠시 둔덕에 앉아 땀을 식힌다. 신선한 바람 청명한 하늘빛이 마음을 달래준다. 앞동산에 펼쳐진 다홍빛 감들이 자연의 풍광을 여실히 드러낸다.

오늘의 체험이 농심으로 마음에 뿌듯이 자리 잡는다. 값진 땀방울의 의미를 알게 하는 귀중한 시간이다. '신토불이' 우리 것이 좋은 것이여!

그리움의 흔적들

아름다운 섬

-가족 여행기-

    신록이 짙어가는 유월 초 일요일 아침 가족들이 김포공항 프런트로 모여든다. 집안행사가 있을 때면 만나는 동기간이지만 오늘은 좀 색다른 느낌이다. 바쁜 일상을 잠시 접고 우리 칠 남매가 어머니를 모시고 제주를 향해 여행을 가는 날이다. 올해 구순을 맞은 친정어머니가 칠십에서 오십 줄로 들어선 아들, 딸, 며느리, 사위 열네 명을 거느리고 여행길에 오른 것이다. 쪽찐 머리에 하얀 모시한복을 차려입은 어머니 모습이 오늘따라 곱다. 우리의 전통 어머니상을 친정어머니에게서 느낀다. 요즘 보기 드문 쪽찐 머리에 한복이 불편할 법도 한데, 이를 늘 고수하는 것은 아버지 생전에 원하셨던 모습이었기 때문이다. 평생을 아버지의 뜻을 거역할 줄 모르시던 어머니는, 십여 년 전 아버지가 세상을 뜨실 때까지 어디를 가나 늘 함께하며 60년을 해로하며 원앙처럼 사셨다. 어릴 때 저녁 무렵이면 고향집 뒤란 장독대 앞에 정안수를 떠놓고, 가족을 위한 일념 하나로 빌고 또 빌던 어머니의 모습이 눈에 선하다. 어머니는 가족의 안위를 걱정하며 늘 기도해 오셨던 것이다.

첫째 날: 제주공항에 내려 대기하고 있던 승합차에 열다섯 식구가 짐과 몸을 싣고 관광을 시작한다. 조식 후 매직쇼를 관람한다. 간담을 서늘하게 하는 손에 땀을 쥐게 하는 장면들. 대여섯 살쯤 되는 아이들에서 이십대 초반쯤 됨직한 청년들까지 기계가 움직이는 듯, 이 장면들을 연출해내기까지 고된 훈련과 힘든 과정들이 뒤따랐을 것이다. 열여덟 꽃다운 나이에 아버지께 시집와 여러 자식 거느리며 살아온 어머니의 일생도 이처럼 아슬아슬한 삶의 연속이었을 것이다. 어느새 다 장성한 자식들이 하나둘씩 제 둥지를 틀어 각자 흩어져 살면서 행여 뭔 일은 없는지, 늘 노심초사하며 속은 까맣게 타들어 갔을 것이다.

제주의 날씨는 흐렸다 맑았다 변덕이 심하다. 우리 가족을 환영이라도 하듯 길섶에는 철 이른 코스모스 꽃이 피어 정겹게 한들거리고 빨강, 노랑, 하양 들꽃들이 환한 웃음

그리움의 흔적들

을 짓고 있다. 제주를 한눈에 내려다볼 수 있는 동산에 오른다. 넓고 푸른 바다가 펼쳐지고 활주로가 내려다보인다. 바람도 서늘하여 가슴이 뻥 뚫리는 듯한, 제주에서만이 느낄 수 있는 신선함이다.

제주 벌판을 누비며 철 늦은 고사리 채취에 나섰다. 꽃 핀 고사리들 사이에 먹 고사리를 채취하는 재미가 쏠쏠하다. 어린 날 고향 동산에 올라 고사리를 꺾던 기억이 새롭다. 비 온 다음날에 동산에 오르면 앙증맞은 모습의 고사리들이 뾰족뾰족 올라와 반겼다. 꺾은 고사리는 맏며느리인 큰언니가 돌아오는 아버지 기일에 올리겠다며 챙긴다. 그 모습이 고맙다. 아버지 살아생전에 이런 기회를 갖지 못한 것이 못내 아쉽다. 하지만 가족에 대한 사랑이 각별하시니 이번 여행길 내내 우리와 함께하시리라 믿는다.

제주의 역사를 고스란히 안고 천년을 바라보며 서있는 노송 몇 그루가 웅장한 모습을 드러낸다. 집채만 한 노송 앞에서 환한 웃음을 지으며 큰오빠부부가 사진을 찍는다. 칠십 평생을 고향땅에서 농사를 지으며 고향지킴이로 살고 계신 두 분이다. 고향을 잃어버리기 쉬운 요즘, 우리 동기간들에게 언제든 고향을 찾아갈 수 있는 든든한 버팀목이

다. 천년이 가도 변하지 않는 늘 푸른 노송처럼 큰오빠 큰
언니는 환한 미소로 고향땅을 내내 지키고 있을 것이다. 농
사꾼답게 호기심 많은 큰올케언니는 특이한 식물이나 돌멩
이들에 눈이 반짝인다. 결국 밀감나무 몇 그루를 사 택배로
부친다. 아들 넷을 훌륭히 자식농사도 잘 지어 우리 동기간
에 부러움의 대상이다.

곳곳에 펼쳐진 밀감농장이며 푸른 녹차 밭, 녹차 잎은
해가 뜨기 전 새벽녘에 채취해야 녹차의 향을 제대로 보존
할 수 있다. 부지런한 사람만이 녹차의 맛과 향을 제대로
즐길 수 있는가 보다.

푸른 초원에서 평화롭게 노니는 말의 모습, 말은 서서
자는 동물로 튼튼한 다리를 지녔다. 고단한 삶을 지닌 말의
모습을 보니 어머니의 지난 모습을 보는 듯하다. 어머니도
말띠이다. 지난 필리핀 여행 때 트래킹코스로 화산섬에 말
을 타고 가게 되었는데, 내 몸을 싣고 한 시간여 동안 먼지
풀풀 날리는 험한 산언덕을 향해 불안한 몸놀림으로 뚜벅
뚜벅 걷던 말의 모습과 어린 마부의 모습이 떠오른다. 그곳
말의 모습이 지난 어머니의 삶이었다면 이곳 제주의 말은
현재의 어머니 모습인 듯하다.

그리움의 흔적들

이번 제주여행은 내게 신혼여행에 이어 두 번째로 오는 것이라 감회가 새롭다. 용머리의 형상을 하고 있는 용두암에 왔다. 이 바위의 높이는 약 10m로 신혼여행 때 남편과 함께 용두암 아래에서 해녀들이 금방 따온 소라, 해삼, 싱싱한 회를 먹었던 기억이 새롭게 되살아난다.

석식 후 넓고 푸른 바다가 내려다보이는 패션 숙소에 짐을 푼다. 여독을 풀어내기 위해 아래층 해수온천으로 내려가 몸을 담근다. 저녁에 밖으로 나와 비릿하고 상큼한 바다 냄새를 맡으며, 노래방으로 직행, 넓은 홀을 잡아 여흥을 즐긴다. 이번 여행의 주인공인 어머니가 맨 처음으로 '수덕사의 여승'을 부른다. 어머니의 십팔번이다. 집안 행사로 노래방에 갈 때면 어머니는 늘 함께하신다. 젊은 우리들 못지않은 끼로 자식들이 노래 부를 때면 안무로 흥을 돋우신다. 이러한 열정이 어머니의 건강 비결인 듯도 하다. 오빠들도 어머니의 끼를 물려받았는지 프로 못지않은 실력을 갖추었다. 큰오빠와 둘째 오빠는 구수한 옛 노래로 분위기를 자아내고, 셋째 오빠는 60년대 말에 가수로 데뷔하기도 했다. 동네가 들썩할 정도로 방송이나 레코드판에서 흘러나오던 오빠의 노래가 지금도 생생하게 들려오는 듯하다.

넷째 오빠는 기타 솜씨가 프로급이다. 기타를 늘 옆에 끼고 살던 오빠의 모습이 지금도 눈에 선하다. 다섯째 오빠는 분위기메이커로 노래도 잘하지만 입담으로 분위기를 잘 띄워 어느 좌석에서나 빠질 수 없는 사람으로 자리매김한다. 모습이나 성격이 아버지를 제일 많이 닮았다. 옆에서 내조를 잘하는 다섯째 올케언니는 요즘에 보기 드문 넉넉한 마음으로 두 분 부모님을 보필한 우리에게 가장 고마운 올케언니이다. 세상에 단 둘뿐인 자매로 친구처럼 서로 의지하며 지내는 언니 또한 인정 많고 노래솜씨도 좋다.

가깝고도 먼 것이 부부 사이라고 미운 정 고운 정 들여가며 오래 살다 보면 부부가 서로 닮아간다고, 가끔은 불협화음으로 소리가 날 때도 있지만, 오늘은 고운 정만 담아 부부가 함께 화음 맞춰 노래 부르는 모습이 보기 좋다. 부부인연으로 만나 한 가족이 되었으니 모두가 감사할 뿐이다. 시간 가는 줄 모르고 여흥을 즐기다 보니 새벽녘이다.

둘째 날: 천지연 폭포에 들렀다가 소인국으로 향한다. 세계 30개국 유명 건축물 축소모형 116점이 전시되어 있다. 세계를 한자리에서 볼 수 있는 특혜를 얻은 기분이다.

그리움의 흔적들

다음으로 수만 평의 부지에 선인장하우스를 비롯하여 아열대식물원이 조성되어 있는 수목원으로 향한다. 마치 아열대지방에 온 착각을 불러일으킨다. 제주는 화산지형으로 생긴 굴이 많다. '미천굴'이라는 팻말을 따라 굴속으로 들어간다. 굴속은 싸늘하다 할 정도로 기온이 낮다. 식물원을 둘러보면서 데워졌던 몸을 식힌다.

점심 후 국토의 최남단 마라도를 향한다. 배의 옥탑에 올라 바닷바람을 쐰다. 시원한 바닷바람이 막혔던 가슴속까지 펑 뚫어주는 듯하다. 이십여 분만에 배가 목적지에 도착하였다. 마라도는 작은 섬마을로 이루어져 있다. 이동버스 두 대에 가족이 나눠 타고 섬 주변을 한 바퀴 돈다. 국토의 최남단 비 앞에서 사진을 찍는다. 감회가 새롭다. 북쪽 해안의 아찔한 절벽들, 주변 경관들이 이국적인 정취를 풍긴다. 자그만 분교와 운동장. 휴가철에는 하루에 이천여 명씩 오고 간다고 한다. 횟집과 음식점이 제법 많다. 이곳에서 먹는 회 맛은 일품이다. 제주는 알아갈수록 호기심을 자아내는 환상의 섬이다. 저녁은 넓은 바다가 내려다보이는 횟집에서 신선한 회로 포식을 한다. 횟집에 온 손님들마다 어머니의 고운 모습에 연세를 가늠할 수 없다 하며 우리 가족에게 호기심을 보낸다.

셋째 날: 배로 사십여 분 푸른 바다를 가르며 '우도'를 향해 간다. 우도는 인구가 이천오백여 명으로 면 단위의 큰 섬이다. 등대가 곳곳에 세워져 있다. 한 가지 특이한 점은 예전 초가마을 집 담처럼 밭 둘레를 돌담을 쳐놓았다. 묘한 정서를 불러일으킨다. 밭농사로 마늘을 심었던지 밭에는 마늘이 지천이다. 비릿한 갯냄새를 맡으며 미로 속을 가듯 자연동굴로 형성된 바다 속 탐험에 나선다. 굴속은 이곳 섬주민이 다 모여도 될 정도로 넓고 깊다. 곳곳에 작은 돌탑이 쌓여있다. 가족의 안녕을 기원하며 조약돌 하나를 주워 얹는다. 다음은 펜션이 즐비해 있는 해안가로 향한다. 산호가 부서져 내린 모래사장 바닷물에 손을 담가 산호가루 한 움큼 집어 올린다. 모래알보다 알갱이가 굵다. 바닷물 빛이 맑고 투명한 빛을 띤다.

오늘 저녁은 제주의 명물 갈치조림이다. 이번 여행의 마지막 코스다. 식사가 끝난 후 각자 이번 여행의 느낌을 이야기한다. 어머니는 우리에게 고맙다 하시고, 우리는 어머니 덕분에 즐거운 여행을 하였노라고 감사의 인사를 전한다.

살아가는 것이 바다를 항해하는 것과 같다고 어머니가 그동안 살아오며 제일 큰 태풍을 만난 건, 아버지가 세상을 뜨실 무렵일 것이다. 둘째 오빠가 신병을 얻어 크게 상심하시던 아버지는 '걱정 마라, 네 병은 내가 꼭 고쳐주마'고 늘 용기를 주시더니 곧이어 아버지가 병을 얻어 몇 달 후 세상을 뜨셨다. 아버지 영정 앞에서 둘째 아들의 병을 거두어가 달라는 어머니의 간곡한 애원을 들어주셨던지, 우연히도 아버지 백일탈상 날 오빠가 수술을 받게 되었다. 둘째 오빠는 가슴에 못으로 남아있을 아버지를 생각하며 탈상 전에는 살아계신 것으로 보니, 탈상 일을 며칠 뒤로 제안했다. 큰오빠는 이를 흔쾌히 수락하였고 삼 일 후 탈상을 하였다. 이는 십여 년 전의 일이다. 건강한 둘째 오빠의 모습을 보고 있으면, 가족에 대한 사랑이 남달랐던 아버지가 마지막으로 자식의 생명을 살리고 대신 당신의 몸을 거두신 듯하다.

구순의 연세에도 건강한 모습으로 자식들과 어깨를 나란히 하며 여행을 즐기실 수 있는 어머니의 모습은 우리에게 큰 복이다. 부모님은 두 분 모두 자식들 앞에 절대 흐트러진 모습을 보여주지 않으셨다. 부모님의 모습은 우리에게 살아가면서 큰 귀감으로 자리한다. 이곳 제주의 아름다운 섬처럼 부모님은 그리움의 대상으로 내내 우리들 가슴속에 살아계실 것이다. 구순을 맞이한 어머니를 모시고 아름다운 제주 섬에서 보낸 시간들은 오래도록 우리들 마음속에 남아있을 것이다.

　제주는 외국 어느 섬나라 못지않은 아름다운 곳으로 자리매김하고 있다. 올해 유네스코가 지정한 세계자연유산으로 제주화산섬과 용암동굴이 등록된 것을 보면 이를 더욱 입증할 수 있다. 제주도의 아름다운 자연이 훼손됨 없이 잘 보존되어, 관광지로 세계인들에게도 각광받는 제주 섬이 되기를….

　　　　　　　　　　　　　　　　　그리움의 흔적들

어머니의 기도

　나의 어머니는 쪽진 머리에 한복이 참 잘 어울리는 분이다. 열여덟까지 댕기머리였을 어머니는 아버지와의 혼례 후 팔순을 넘긴 지금까지 쪽진 머리를 일관하고 있다. 어머니는 어느 날 또래 분들이 하나둘씩 쪽진 머리에서 짧은 커트로 바꾸는 걸 보고, 아버지께 상의 드렸다가 호통만 듣고 생각을 접으셨다.

　여성의 자연미를 강조하였던 나의 아버지는 평소에 아내와 딸 며느리에게까지 화장하지 않는 얼굴에 긴 머리로 뒤로 묶을 것과 한복을 즐겨 입기를 원했다. 어린 날 기억에 큰오빠, 둘째 오빠가 결혼하여 대가족으로 한집에서 살았다. 한 번은 파마를 하는 출장 미용사가 마을에 들어와 동네 아낙들은 모처럼 파마머리로 멋을 부렸다. 올케언니 둘도 그곳에서 머리를 하였고, 머리모양을 본 아버지는 크게 호통을 치셨다. 그 후 언니들은 머리모양이 자연스러워질 때까지 수건으로 머리를 감싸고 다녀야 했다. 세대가 바뀌고 사회가 변하면서 그 권위적이고 완고하였던 아버지는 딸과 며느리들에게는 그 생각을 접었지만, 아내인 어머니에게만은 용납이 안 되었다.

    나의 어머니는 까다롭고 정갈한 아버지의 성품을 잘 받들었고, 소홀히 대하지 않으셨다. 두 분은 일제 강점기에 혼례를 치렀고 가진 것 없이 신접살림을 어렵게 시작하였다. 대인관계가 많았던 아버지는 사랑방에 매일 손님들과 함께였고, 그 시중을 싫은 내색 한번 못 하고 들어드렸다. 어릴 때 기억에 어머니는 올케언니들과 겨울 농한기에 모시 길쌈을 하였다. 길게 짠 베를 대자로 재서 필로 장에 내다 팔았다. 남은 자투리는 모아 하얗게 탈색하였고 풀을 잘 먹여 다림질을 하고 바느질을 곱게 하였다. 완성된 모시옷을 일년 중 삼복에 아버지께 곱게 입혀드렸고, 출입이 잦았던 아버지는 그 모시옷을 정갈히 차려입고 다니셨다. 아버지의 그 모습에서 어머니는 보람과 행복을 느끼셨을 것이다. 해마다 그 일을 잊지 않고 해드렸다. 받기보다는 베푸는 것을 낙으로 알고 사셨던 어머니는 정작, 당신의 생각과 의견은 제대로 한번 표출하지 못한 채 생활하였다.

세월이 흐른 노후에는 두 분 생활이 조금씩 달라졌다. 어머니는 슬하에 우리 칠 남매를 낳고 산후조리 한번 제대로 못 하여 그 후유증으로 신경통으로 고생을 하였다. 아버지는 병원과 약국을 찾아다니며 어머니를 자상히 보살펴드렸다. 그렇게 자상하던 아버지는 몇 해 전 어머니만 홀로 남겨두고 세상을 뜨셨다. 육십여 년을 함께 해로하였던 두 분은 미운 정 고운 정을 들이며 원앙처럼 사셨다. 부창부수의 삶을 살았던 어머니 세대와는 달리 요즘 너나없이 남녀평등을 부르짖는다. 오늘을 살고 있는 나는 어머니의 살아오신 모습을 떠올리며 마음을 돌이킨다.

자식사랑이 지극하였던 어머니는 나이 마흔이 넘어 나를 낳았다. 내가 철들 무렵 자식들이 각자 흩어져 타지에 살았다. 가정도 이루고 군대로, 사회로 오빠들의 소식이 궁금할 때면 편지로 안부를 물었고, 초저녁이면 뒤뜰 장독대에 정안수를 떠놓고 자식들의 무사태평을 빌었다. 일 년 중 정초와 추수를 끝낸 늦가을에는 시루팥떡을 해놓고 동쪽을 향해 합장을 하며 빌었다. 그 모습이 신비로워 부엌 문틈으로 엿보며 어머니의 기도 소리를 듣곤 하였다. 달빛에 비친 어머니의 모습은 한 폭의 그림으로 다가왔다. 어머니의 그 힘의 원동력이었던지 대가족을 이루었음에도 무탈하게 지금까지 잘 왔다.

꽃다운 열여덟에 가녀린 몸으로 아버지께 시집 오셨다는, 나의 어머니는 남편 자식 며느리 손자 증손들까지 온 가족을 하해와 같은 마음 넓은 가슴으로 포용하였다. 어머니의 그 힘의 원동력은 사랑 바로 그것이었을 것이다. 사랑하는 어머니 나머지 생은 편안히 즐기면서 사세요. 막내딸이 늘 기도할게요.

그리움의 흔적들

에메랄드 빛

　늦은 밤 한강변을 지난다. 휘황한 불빛들이 곡예하듯 아슬아슬 강물 위로 떨어진다. 출렁이는 불빛들에 취하듯 문득 지난 푸켓의 기억들이 차곡차곡 강물 위로 겹쳐진다. 어제만 같은 그날은 일 년 전의 일이다. 푸켓을 향해 가던 기내 창밖은 수많은 별빛들이 우수수 쏟아져 내릴 듯 밤을 수놓았다. 온통 에메랄드빛으로 수놓은 잔잔한 섬. 미인, 미소, 보석의 나라가 이방인을 편안한 미소로 대해주었다. 이들 섬이 부러움의 대상으로 내게 다가왔다.

　열대지방인 이곳은 일 년을 반으로 건기와 우기로 나뉜다. 건기 중인데도 비는 종종 내렸다. 숲은 갑작스런 비로 물기를 머금어 윤기를 더하고, 어디를 가나 마주할 수 있는 야자수 큰 잎사귀들은 바람결에 시원한 부채질을 해댄다. 주렁주렁 달린 야자수 열매가 무르익어 수확이 시작되면 그

열매를 따는 것은 원숭이들의 몫이라 한다. 타잔처럼 이 나무 저 나무를 옮겨 다니며 열매를 따 내린다고, 동화 속 이야기처럼 가이드는 열심히 설명을 한다. 이 열매 외의 과일들이 풍부하여 그곳에 있는 한 주 내내 다양한 맛을 맘껏 즐길 수 있었다. 몸집은 큰데 맛도 먹을 것도 없는 실속 없는 과일도 더러 있다. 허브류에서 여러 형태의 선인장들, 열대식물들도 다양하다.

천연자원이 풍부하여 곳곳에서 볼 수 있는 고무나무들, 이 고무나무에서 추출한 라텍스는 수술용 장갑이나 아이들 고무젖꼭지, 껌, 화장용 분첩 등을 만드는 원료다. 요즘은 항균기능이 탁월하다는 평가로 침대매트나 베개 등도 인기가 높다. 나무마다 자그만 그릇들을 매달아 하얀 고무진액을 받아내고 있었다.

자연조건 때문인지 사람들의 성품은 낙천적이고 느슨하다고 한다. 더위 때문인지 거리에는 오토바이나 자가용을 이용하며, 걸어 다니는 사람은 볼 수 없고 들개들만 어슬렁댄다. 지반이 약하여 높은 건물을 지을 수 없고 기술력도 뒤떨어져 거리의 자가용 대부분이 일본에서 수입해온 것들이라 한다. 전자제품과 핸드폰은 우리의 S전자 제품이 큰

그리움의 흔적들

인기를 얻고 있다고.

더운 지역인데도 모기나 날벌레가 없다. 습기가 없는 까닭도 있고 양서류의 일종인 도마뱀(찡쫑)이 이들을 잡아먹기 때문이다. 찡쫑이 달려들지나 않을까 걱정이 되었는데 외려, 그들이 사람을 싫어하여 피해 다닌다고 한다.

불교국가인 이곳은 집마다 향로가 놓여있고 사원도 곳곳에 세워져 있다. 코끼리를 우상처럼 섬기는 나라로 사원 입구마다 코끼리상이 놓여있다. 코끼리털이 행운을 불러온다고 손님들에게 털을 뽑아주는 친절도 베푼다. 사원 안에는 크고 작은 불상들이 많았고 고승의 사리를 담은 유리관도 장식처럼 놓여있다. 그중에 생불처럼 온화한 표정의 등신불이 관광객의 발길을 붙든다. 사원 입구 큰 가마에 간간이 터트리는 축포소리가 더위로 느슨해진 마음을 긴장시키곤 한다.

동남아에서 유일하게 식민지를 겪지 않은 나라, 자연이 주는 혜택만으로 만족하며 어떠한 역경에도 "괜찮아" 한마디면 서로 위로가 되는 초연한 민족이다. 보트를 타고 둘러본 섬 주변에는 물 위로 뿌리가 굵직굵직하게 올라온 맹그로브 나무가 빽빽이 무리를 이룬다. 이 나무는 풍랑을 잠재워 섬을 잔잔한 호수처럼 만들어 주고 있다고. 뾰족뾰족 내려온 온갖 형태의 기암괴석을 뚫고 뿌리를 내린 선인장들, 조각품처럼 자연스레 형성된 오묘한 조화다. 섬 가운데 수상마을에 닻을 내려 중식으로 해선요리를 먹는다. 사방이 망망대해로 동화 속 용궁에 들어온 듯하다.

섬에서 묻어온 소금기를 헹구어내려 작은 촌락마을의 허브사우나탕에 갔다. 낮은 울타리를 사이에 두고 남탕 여탕이 나눠지고 커다란 면 보자기를 옷 대용으로 목 뒤로 둘러 묶어 입는 진풍경이 벌어진다. 탕은 몇 사람만 들어도 꽉 차는 좁은 공간이다. 허브향의 김이 모락모락 피어올라 주변사람조차 구분하기 힘들다. 사우나로 흘린 땀은 뜰의 통 속에 받아놓은 물을 바가지로 퍼서 씻어낸다. 아담과 이브의 목욕하는 장면이 이런 것일까! 이런 상상이 들기도 한다. 어째든 허브 향으로 여독을 풀어내니 피부가 다시 재생이 된 듯하다.

지구촌 일대에 대재앙이 일어났다. 생각조차도 하기 싫은 지진해일 쓰나미는 동남아 일대를 악몽의 도가니로 몰아넣었다. 생과 사의 갈림길에 있던 사람이 한둘이었을까

만은, 이 사건이 일어나기 바로 직전에 이들 피해지역인 푸켓을 다녀왔다. 방송과 신문은 연일 이들 이야기들로 떠들썩하고, TV화면을 통해 건물과 사람들이 한순간에 휩쓸려가는 장면을 보았다. 천재지변 앞에 속수무책인 삶이 무참히 무릎 꿇는 장면들이다. 수마가 할퀴고 간 상처와 흔적들이 아물기까지는 오랜 시간이 걸릴 것이다.

평화롭기만 하던 그곳에 이러한 일들이 벌어지다니 참으로 아픔이고 참극이 아닐 수 없다. 비명에 간 그 수많은 영혼들은 지금, 어느 하늘 별빛이 되어 슬픈 눈으로 지상을 내려다보며, 멍울멍울 그리움 삭히고 있지 않을까! 다시는 이러한 천재지변이 일어나지 않기를 기도해본다.

사고 1주기이다. 지극히 자연을 닮아 소박하게만 보였던 그들, 평화롭게 거닐던 은빛 모래사장들, 에메랄드빛으로 수놓아졌던 그들 섬이 다시 그립다.

오월의
뜨락

　분주히 시작되던 아침 시간이 지났다. 이제 나만의 시간을 만끽하자. 은은한 커피 향을 음미하며 창문을 활짝 열어본다. 오월의 햇살이 눈부시다. 이른 아침부터 짹짹 깍깍 인사하던 참새와 까치도 짝을 이뤄, 지붕과 나뭇가지를 오가며 분주히 하루를 연다. 무엇에 끌리듯 문을 박차고 나와 뜨락을 거닌다.

　새봄을 시작으로 흐드러지게 흰 꽃송이 피워내던 목련나무의 꽃들이, 후드득 바람결에 떨어져 내려 온통 마당을 어지럽히더니, 다시 흙의 거름으로 돌아가고 길쭉한 열매와 무성한 녹음만 남았다. 그 옆으로 귀부인의 자태처럼 환한 미소와 진한 향기를 내뿜고 있는 진분홍빛 모란꽃이 우아하게 피어있다. 그 아래로 작고 귀여운 종 모양의 연록

빛 둥글레 꽃, 여리고 예쁜 흰 꽃을 피워내던 자리에 청포도 알 크기의 열매를 맺고 있는 배나무, 아직 초록 잎사귀와 별 모양의 꽃봉오리만 있는 감나무, 꽃봉오리가 은비녀 닮은 옥잠화, 참나리, 아이리스, 달리아, 국화는 가을꽃으로 아직 꽃을 피우지 못했다. 흰 꽃 속에 노란 꽃술을 담고 있는 딸기 꽃, 이름 모를 풀꽃들, 마당 가운데 초록 잎 길쭉이 올라와 있는 몇 이랑의 마늘들, 어린잎의 고추, 상추, 호박넝쿨까지 온갖 형태로 축제를 벌인다. 각자의 자리에서 싱그러운 모습으로 부조화 속의 조화를 이루고 있다.

　십칠 년 전 가을 이곳 시댁에 첫발을 내딛었을 땐, 모든 것이 낯설기만 했다. 이십오 년 동안 전혀 모르던 남으로 지내다 어느 날부터 한 가족으로 살아간다는 것은, 정말 풀기 어려운 숙제처럼 내게 다가왔다. 대가족의 종가 맏며느리로의 역할, 호칭에서 관계에 이르기까지 시부모님과 나이든 시동생들, 시댁, 일가친척들이 한 동네에 모두 이웃하여 살다 보니, 행동 하나하나가 조심스럽고 불편하였다. 여러 동기간 중 막내로 비교적 자유로운 성격인 나는, 맞지 않는 옷을 입은 것처럼 늘 거북하고 불편하였다. 쉽게 뿌리 내리지 못하는 나무처럼 늘 이방인으로 들어와 있는 느낌이었다. 그 마음은 첫 아이를 낳은 후까지 얼마간 계속되었다. 타인과의 관계에 쉬이 다가서지 못하는 나의 성격 탓도 있으리라. 새 식구 들어와 삼 년 나기 어렵다는 옛말처럼 참으로 어려운 일도 많았다. 시어머님의 거듭된 병환과 긴 투병, 남편의 사업실패 후유증, 종갓집이라는 이유로 크고 작게 이어지는 온갖 행사들, 막내로 성장한 나는 살림살이에 두루 서툴렀다. 살림을 익혀 가는데 꽤 여러 시간이 걸렸다. 그런 와중에 동서 둘을 맞이하면서 모든 행사에 함께 참여할 수 있는 든든한 후원자가 되어 그나마 좀 편안했다. 아들 둘을 십 년 터울로 키우면서 엄마로서 자리매김을 하게 되었고, 든든한 나의 울타리가 되어주었다.

이제 새삼 뒤돌아보니 여자의 숙명이란 이런 것이구나. 조금씩 적응이 되면서 많은 일들을 서툰 몸짓으로 겪고 또 치러냈었다. 희로애락의 시간들 속에 남편과 줄다리를 하면서 아내의 자리에 대해 거듭 생각하게 되고, 내 편이 아니라는 서운함에 간간이 눈시울을 적시곤 했다. 아이들을 키우면서 친정 부모님에 대한 감사와 은혜를 생각하게 되고, 다시 그 품이 그립기도 했다. 온갖 생활에 부딪혀오는 어려움에 어머니도 이러한 세월을 살아 내셨겠지. 생각하며 곁

그리움의 흔적들

에 있을 때 잘해드리지 못한 것에 대한 회한이 들었다. '자식을 낳아 키워봐야 부모의 마음을 조금 안다' 하였던가.

　햇살 밝은 오월의 파란 하늘을 올려다본다. 이 하늘 아래에 수많은 사람들이 살아가고 있다. 삶은 누구나 어떠한 문제든 안고 살아가는 것이라고 저 하늘은 말해주는 것 같다. 삶이란 다 그런 것이라고 낮과 밤처럼 밝음과 어둠이, 행복과 불행이 함께 공존하는 것이라고. 각자 주어진 삶에 최선을 다하다 보면 오월의 햇살처럼 밝은 날도 있을 것이라고. 내 삶의 뜨락처럼 부조화 속에 조화를 이루며 그렇게 많은 사연들을 담으며, 또 그렇게 지속해갈 것이라고. 오월의 뜨락에 눈부신 햇살이 쏟아진다.

울타리

  나의 아버지는 천구백십육 생 용띠시다. 조부모님은 손이 귀하여 간절한 기도 끝에 삼남매를 두셨다. 아버지는 중간인 둘째아드님이시다.

  내가 태어난 곳은 충청도 두메산골이다. 나의 부모님 슬하에는 위로 아들 다섯, 아래로 딸 둘을 두셨다. 그중 내가 일곱째인 막내다. 내가 어릴 때 큰오빠 둘째오빠는 일찍 성혼하여 한집에 살았고, 조카들이 차례대로 태어나면서 대가족을 이루었다. 부모님은 가족이 한자리에 모일 때면 지난 일들을 이야기하곤 하였다. 큰아버지의 성품은 얌전한 내향형이라면 아버지는 외향형으로 활동적이어서 이른 나이부터 생활에 보탬이 되고자 타지 생활과 상업에 종사하였다. 이십 세가 되던 해 어머니와 혼례를 하였고, 일제강점기와 동란을 겪으면서 우여곡절도 많았다는데, 남다른 담력과 결단력으로 마을의 크고 작은 일을 해결하곤 하였다. 지기와 지혜로 위기에 처한 사람을 구해주곤 하였다. 자손들 앞에서 늘 담력을 강조하였고, 나와 세 살 터울 장손자를 귀히 여겨 늘 조카를 곁에 앉혀놓고 남자는 담력이 강해야 큰일을 해낼 수 있다며 세뇌를 하곤 하였다. 조부님의 뜻을 잘 수용하였던지 조카는 육사 졸업 후 나라의 초석이 되고자 직업군인의 길을 걸었다. 조카가 육사졸업 후 군 장교로 부임되었을 때 제일 기뻐하며 뿌듯해하셨던 것도 아버지시다.

어린 날 기억 하나는 큰집이 바로 앞집이었고, 큰아버지와 아버지는 형제애가 깊으셨다. 어느 날 큰아버지가 병으로 오십 초반에 그만 세상을 뜨셨는데, 아버지는 큰아버지를 그리워한 날이 많았다. 약주를 드신 날 저녁은 형님을 찾으며 통곡을 하시곤 하였다. 어린 날 그 모습을 지켜보던 나도 따라 울었던 기억이 난다.

유수 같은 세월 속에 우리 가족은 많은 변화를 가져왔고, 고향은 큰오빠 내외가 지키고 나머지 가족은 서울에서 자리를 잡았다. 서울 생활에서도 아버지는 어느 모임에서나 리더십을 발휘하였다. 두 분 부모님은 서울과 고향집을 오가며 자손들 살아가는 모습을 두루 보살폈고, 막내딸인 나의 혼사를 앞두고는 여러 번 눈물을 훔치셨다. 시댁에 들어가 잘 살아야 한다며 늘 세뇌하듯 말씀하였다. 아버지의 성품을 닮아 대쪽 같은 나의 성격을 아셨기 때문이다. 층층시하 시집살이를 해야 되니 더욱 염려가 많으셨을 게다. 내가 큰아들을 낳은 이후 아이가 안 생기다가 십 년 만에 둘째가 태어나자 많이 기뻐하셨다.

어느 해 둘째 오빠가 중병을 얻어 낙심하고 상심이 크셨으면서도, 오빠 앞에서는 '내가 꼭 너의 병을 고쳐주마' 용기를 북돋아 주었다. 그런 와중에 아버지도 병을 얻었고 유난히 자식 사랑이 깊었던 아버지는 자손들과의 이별을 서서히 예고하였다. 병중에도 늘 의연한 모습이셨던 아버지….

지난해 유난히 화창하던 봄날에 팔십이 년여의 생을 마감하셨다. 아버지 영전 앞에 한없는 눈물을 쏟아내었던 자손들, 병중에 있던 오빠는 아버지 탈상을 앞두고 좋은 인연으로 무사히 수술하여 완쾌되었다. 우연히도 아버지 백일 탈상 날 수술날짜가 잡혀 삼 일 후 탈상을 하였다. 탈상 전까지는 살아계실 걸로 생각하니, 둘째 오빠의 바람으로 큰

오빠는 그렇게 진행하였다. 오빠는 본인의 병중에 아버지가 돌아가시게 되자 불효했다는 마음에 오빠의 수술한 모습을 보여드려 평안한 영면을 원했던 것이다. 아버지의 지극한 자식 사랑의 힘이 둘째오빠를 살렸다는 생각이 든다.

아버지! 아버지는 저희 자손들의 큰 울타리였고 든든한 버팀목이었습니다.
아버지! 몸은 비록 저희 곁을 떠나셨지만, 그 지극한 큰사랑은 저희들 가슴마다에 늘 고이 간직할게요. 사랑합니다. 아버지! 이제 모든 걱정 놓으시고 평안히 영면하세요.

유적지를
찾아서

　강서문화원에서 주관하는 문화탐방교실의 문을 두드린다. 예정된 날 오후 두 아들과 함께 탐방 길에 오른다. 출발하기 전 안내책자와 두툼한 책 한 권을 받는다. 내가 사는 강서에도 유적지가 많이 남아있을까! 호기심 반 기대 반으로 책을 펼쳐본다. 그림과 함께 여러 곳이 소개되어 있다. 강서구의 최초 지명은 재차파의현. 재차(차례, 갯가)의 뜻, 파의(바위)의 뜻을 담고 있다.

　첫 번째 탐방로는 가양동 내에 있는 허가바위다. 우리 일행의 인솔을 이끌 분은 『우리 고장의 역사와 민담』을 집필한 손주영 님이다. 그의 상세한 설명은 문화탐방의 의미를 더욱 깊게 한다. 겨울방학이라 여유시간이 많은 학생들 자모들이 영하의 날씨임에도 불구하고 내 고장 유적지를 알아보려는 호기심 반 기대 반으로 가득 차 있다. 탑산 아래 있는 천연동굴로 강서구 최초 지명은 이곳 허가바위에서 유래되었다고 한다. 우리에게 익히 알려진 동의보감을 편찬하고 동양의학에 큰 공을 세운 의성 허준 선생은 이곳의 정기를 받고 태어나셨다. 동굴로부터 오 분여쯤 거리에는 허준 선생의 아호를 딴 구암공원이 있다. 이곳은 허준 선생이 환자를 돌보는 모습의 동상이 세워져 있고, 그 앞쪽으로는 인공 호수가 조성되어있다. 빙판 호수에 노니는 오리들의 모습이 정겹다. 호수 안에 놓인 큰 바위도 호수의 운치를 한층 더해준다. 이 바위는 광주바위라 하는데 경기도 광주에 있던 바위가 어느 해 큰 홍수로 인해 이곳까지 떠밀려왔다는 믿어지지 않는 설화로 전해지고 있다.

두 번째 탐방로는 가양동길 산책로를 따라 오르면, 양천고성지(백제시대로 추정)와 아래로 내려다보이는 양천향교가 있다. 향교는 서울시내에서 유일한 곳이다. 산책로를 따라 좀 더 오르니 '소악루'라는 정자가 있었다. 옛 정취를 떠올리는 정자 위에 올라보니 먼 강변 전경들이 한눈에 들어온다. 소악루는 조선조 화성 겸재 정선이 양천 현감으로 있던 1740년 가을, 만 5년 동안 매일 소악루에 올라 직책상 동서남북의 봉화를 살피며 여유시간에 한강변을 배경으로 그림을 그렸던 장소이다. 오늘날 한강변의 옛 모습을 전해주는 유일하고 귀중한 자료가 되고 있다.

세 번째 탐방로는 개화산 내에 있는 약사사다. 3층 석탑, 석불, 종 등이 있다. 절의 원래 이름은 개화사라 한다. 사찰 입구에 있는 약수는 약효가 좋다 하여 조선 말기에 약사사로 이름을 바꿨다 한다. 개화산 내에는 풍산 심씨 묘역이 있다. 조선 11대 중종 때 정국공신인 심정공과 그의 후손들의 묘역이다. 조선청백리 심우경 공도 그의 손자이고 분묘, 묘비, 상석 등이 문화재로 지정 보호되고 있다.

개화산을 마지막으로 오늘 탐방은 끝이 났다. '등잔 밑이 어둡다'는 옛 속담처럼 내가 살고 있는 고장에도 이러한 귀중한 문화유적지가 있었다니 뿌듯한 마음을 안고 아이들과 집으로 돌아온다. 내 고장 유래를 더 알고 싶어 나누어준 책자를 펼쳐본다.

-홍길동전을 집필한 허균과 조선시대 여류시인 허난설헌도 내 고장의 인물이다. 강서구 동명 유래로는 소금 보관창고가 있던 염창동, 땅이 기름져 벼가 잘되었던 화곡동, 삼이 많이 나던 마곡동, 김포 비행장이 있어 공항동, 꽃이 활짝 핀 모양의

개화동, 사시사철 꽃향기가 퍼지는 개화산 옆 동네 방화동, 조선조 양천현의 중심지인 가양동, 서해바다로 뻗어 나가는 오이모양의 과해동, 옛날골짜기 다섯 개 사이에 있는 마을 오곡동, 쇠뇌를 만들던 다섯 사람이 도망 와 숨어 살았던 오쇠동, 수명산이 마치 밥주발을 엎어놓은 형국이라 안쪽마을은 내발산동, 바깥마을은 외발산동이다.-

외발산동은 내가 살고 있는 시집동네로 십칠 년째 시부모님, 남편, 아이들과 함께 사는 곳이다. 조상 대대로 농경사회를 이루며 살았다. 나의 가족이 살아가는 곳이기에 감회가 더 새롭다. 외발산동은 수양대군이 경문을 세웠던 경문재가 있다. 마을 유래인 발산동 전설로 이문, 경문, 경문밭이 있다. 조선조 7대 임금인 세조가 보위에 오르기 전 수양대군으로 있을 때, 무술을 연마하기 위해 말을 타고 김포 통진 방향으로 나갔다가 길을 잃고 헤매던 중, 날이 저물자 가까이 불빛이 보이는 마을에 하룻밤 쉬게 되었다. 마을에 어른을 공경하는 마음이 숭고해 보였던 세조는, 날이 밝은 즉시 도성 안으로 들어가 대군의 이름으로 마을 전체의 효성을 기리기 위해, 이문(里門)을 세워주었고, 축하의 뜻으로 경문(慶門)도 세워 주었다. 이때 수명산이 소리 내어 기쁨의 울음을 울었다 하여 발음(發音)마을이 되었고, 동네 이름은 오랫동안 빛날 것이라는 뜻으로 광명리(光明里)라 불렸다. 현재에도 그 이름은 사용되고 있다. 경문의 유지관리를 위해 마을에 밭을 내려 주었으니 이 밭이 '경문밭'이다. 현재 명덕고와 가곡초교가 있는 곳이다.

가양동 전설로는 고려 말기 명사인 이조년, 이억년 형제가 우연히 주운 황금덩어리를 형제의 우애를 저버리지 않기 위해, 양천 앞 한강여울에 던져버렸다는 투금탄, 염창동 전설의 귀신바위와 김말손 장군 이야기 등이 있다. 강서는 도심 중에 유일하게 자연 녹지와 산들이 많다. 자연보호수로 200~500년까지 된 은행나무, 향나무, 느티나무, 측백나무 등이 아직까지 남아 있어 우리 강서구의 자랑이다.

오늘 탐방 길을 통해 내 고장 강서에 대한 애착이 더욱 새롭게 다가온다. 이제 우연히 이곳을 지날 때에도 뿌리 깊은 우리 고장 유래를 다시 새기며 뿌듯한 마음으로 바라볼 것 같다. 내 아이들과 그다음 세대까지 뿌리내릴 곳이기에…. 기회를 마련해주신 모든 분들께 이 지면으로나마 감사인사 올린다.

잃어버린 시간을
찾아서

    적막을 휘감고 산촌의 밤은 조용히 깊어간다. 아이의 눈망울처럼 밤하늘엔 초롱초롱 별빛들이 빛나고 달빛도 환하게 웃음 짓는다. 언제였지! 아득히 먼 유년의 길목에서 밤하늘 별빛들을 바라보며 꿈을 꾸었지! 이제 이러한 환경이 낯설게 느껴지는 것은 편리에 길들여진 생활이 깊숙이 자리 잡고 있어서일 것이다. 호수에 갇힌 오리처럼 문명은 나를 꼼짝 없이 시류에 휩쓸리게 했다.

    '세상 모든 것들은 거짓 속에 갇힌 채 해방을 갈구하고 있다.'고 어느 소설가는 말했다. 난 오늘 속박된 삶을 잠시 접고 해방을 갈구하듯 일탈을 꿈꾼다. 강변을 중심으로 휘황히 펼쳐진 도심 속의 밤은 엄숙함을 가장한 거대한 궁전이다. 한 세기를 넘나들며 정보화 사회를 살아가는 우리는 풍요와 편리로 많은 걸 누리며 산다. 가끔은 그 덫에 걸려 답답함에 일탈을 꿈꾸게 된다. 상처받은 마음, 무기력해진 삶에 재충전이 필요하기에, 숲은 우리에게 빠른 치유로 삶을 다시 지속할 수 있게 한다. 가깝던 멀든 불현듯 떠나는 여행의 묘미이다.

차창 밖으로 펼쳐진 겨울의 빈 들녘과 흐름을 멈춘 꽁꽁 언 강변이 고요히 겨울잠을 잔다. 다만, 곳곳에 쌓아놓은 볏 짚단과 흰 눈 더미만이 겨울 운치를 더한다. 차는 스키캠프장 안으로 들어선다. 밖으로 나오니 오싹한 추위가 온몸을 엄습해온다. 스키장 밤의 절경은 현혹되기에 충분하다. 정상에서 내려다본 거대한 산맥을 배경으로 아름답게 펼쳐진 설원, 겨울스포츠의 매력이라 할 수 있는 스키마니아들을 끌어들여 울긋불긋 멋진 예술품들을 그려놓는다.

양평 지제면에 자리하고 있는 일신마을로 들어선다. 수묵담채화처럼 아담하게 형성된 마을은 산속 깊숙이 고즈넉한 촌락을 이루고 있다. 마을의 정적을 깨듯 여러 마리의 개 짖는 소리만이 낯선 이방인의 방문을 알린다. 들어선 집은 마을의 끝자락 산 밑에 자리하고 있다. 안으로 들어서는 입구 이층 유리 창틀에 바가지를 엎어놓은 듯 큼지막한 벌

집 하나가 신비하게 지어져 있다. 벌도 추위를 피해 활동을 멈춘 모양이다. 주위에 벌은 없다. 하지만 난 벌이 곧 달려들 것만 같아 발걸음이 조심스러워진다. 여러 종류의 강아지와 몇 마리의 오골계가 이 집의 가족구성원이다. 도시의 삶을 접고 이태여전에 이곳에 집을 지어 옮겨왔다는, 집주인은 가축을 기르고 땅에 씨를 뿌려 텃밭도 가꾸며, 몇 가구 안 되는 이곳 마을 사람들과 어울려 소박하게 생활하고 있었다. 모습에서 풍기는 선함이 그새 자연인이 된 듯하다. 손수 농사지었다는 고구마가 얼마나 크던지 선명한 담홍빛이 먹음직해 보인다. 금세 불에 쪄내 먹는다. 독특한 그 맛에 잠시 매료된다. 밖으로 나와 들녘을 한 바퀴 둘러본다. 앙상한 가지만 남은 나무들이 다 말라 죽은 듯 있는 잡풀들이 휴식 뒤의 도약을 꿈꾼다. 땅의 모든 뭇 생명들이 새봄을 맞이할 준비로 에너지 충전 중이다. 자연 속에 있으면 순수한 마음이 된다. '영혼의 해방을 위해 필요한 건 순수한 예술가의 시선이라고 했다. 예술가의 시선은 동식물과 산 바다처럼 모든 자연현상들과 대화할 수 있어야 한다.'고….

이 침묵의 숲도 곧 한 꺼풀씩 깨어날 것이다. 꽁꽁 언 저 들녘도 곧 기지개를 켤 것이다. 이제 해방된 영혼과 잃어버린 시간을 찾기 위해, 이들 자연과 대화할 수 있는 시간을 종종 가져보리라.

그리움의 흔적들

체험

우리는 한 세기를 넘나들며 변화무상한 현재를 살고 있다. 사계는 어김없이 순환의 고리를 거듭하고. 우리도 누구의 아들과 딸, 며느리, 엄마, 아빠 등 무대 위 연극배우처럼 여러 역할을 감내하며 살아간다. 흐르는 세월의 변화를 거듭하며 시간은 그렇게 흘러간다. 결코 되돌아갈 수 없는 시간의 순간을 포착하고자 사진으로 글로 기록을 남긴다.

초등 일 년 늦둥이 아들이 방과 후 특별활동으로 학교에서 연극을 한다. 흥미 있어 하는 아이의 끼에 힘입어 우연한 기회에 방송연기공부를 하게 되었다. 보조출현이지만 봄방학을 전후해서 촬영장 여러 곳에 보호자로 따라다니며, 쉽게 접하는 텔레비전 프로가 어렵게 만들어진다는 사실을 알게 되었다. 단면만 알던 것을 양면을 알게 되는 좋은 기회였다고나 할까. 우리는 직접 체험하지 않은 부분은 쉽게 이해하지 못한다. 그래서 오해와 편견에 치우치며 이 것이 분열과 갈등의 원인이 되기도 한다. 짧은 촬영도 많은 인원이 동원되고, 땀과 인내로 예술품을 창조해내느라 고 전 분투하는 중이다.

고려사 광종의 일대기를 다룬 '제국의 아침'을 촬영하려 수원 세트장으로 간다. 왕건의 죽음으로 인해 상복을 입는 장면이다. 아들도 그 후손 중의 하나로 가발로 머리를 늘 어트리고 건을 쓰고 옷도 여러 겹 갖추어 입는다. 갖추어 야 할 것이 왜 이리 많은지 버선과 짚신도 신는다. 처음 접 해보는 옷차림에 아들은 처음엔 불편해하며 어색해하더니 금세 적응을 한다. 많은 인원이 동원되는 사극이라 분장하 는 시간도 여러 시간 걸린다. 성인 남자연기자는 한 사람 씩 수염을 붙이고 가발을 쓴다. 여자 연기자는 머리를 틀어 둘레를 둥글게 들어 올린 것이 무겁고 조심스러워 보인다. 시간이 많이 지연되니 어린아이들은 온 세트장을 뛰어다니 며 노느라 바쁘다. 저쪽 한편에서는 요즘 인기리에 방영되 는 최지우, 배용준, 박용하 주연의 '겨울 동화'를 촬영하느 라 분주하다. 당일 방영분으로 주연들의 촬영 모습이 호기 심을 불러일으킨다. 오전 11시부터 대기 중인데 밤 9시경에야 아이들 촬영이 들어간다. 상청이 차려지고 많은 연기자들이 역사인물의 모습으로 돌아가 연기에 임한다. 이튿날 새벽 5시에 촬영이 끝났다. 어린 연기자들은 피곤한 모습으로 자다 깨다를 반복하며, 보조출연으로 절하는 장면 촬영이지만 꽤 진지한 모습으로 연기에 임한다.

　의정부 세트장에서 '상도' 피난 길 장면도 촬영한다. 최인호 원작소설로 '상도'는 매우 흥미로운 장면들이 많다. 푹 빠져 읽은 소설이라 감회가 더욱 새롭다. 마음에 남는 내용 중 칠십 프로의 철학, 술잔 '계영배'는 칠십 프로만 채워야만 그 양을 유지한다. 그 이상을 채우면 다시 빈 술잔이 되는, 상업 장사에 과한 욕심은 금물이라 애써 쌓아올린 것까지 단번에 잃을 수 있다는, 경고 같은 메시지를 담고 있다. 우리의 동양 사상 유교나 불교에도 중용, 중도를 강조하였다. 아들은 머리를 뒤로 따 내리는 분장을 한다. 사내아이 하나가 '남자도 머리를 따 내려야 되냐'고 불만스러워하니, 아들은 '그때는 남자도 머리를 길렀데.' 제법 아는 체를 한다. 아들은 요 며칠 사이 제법 의젓해진 모습이다. 처음 촬영 나갈 때는 너무 힘든 작업이라 포기할까도 했다. 그러나 이왕 시작한 것 인내와 끈기도 배우고, 체험의 기회도 될 것 같아 얼마간 시켜보기로 했다.

저수지 얼음 빙판에서 70년대 허름한 복장으로 나무썰매와 스케이트도 타고, 50년대 세트장에서는 예전의 과자류, 벼, 보리, 수수, 군화, 모포, 가마솥에 불을 지피는 모습들, 검정 고무신을 신고 동란 후 어려운 시절 모습으로 얼굴에 땟자국 분장도 한다. 강원도 정선 산골학교 촬영으로 새벽에 출발하여 여러 시간을 이동한다. 교실에서 '과수원길'을 부르며 음악 수업도 하고 진눈깨비 날리는 운동장에서 피구하는 장면들, 저녁에는 폭죽과 불꽃놀이도 한다. 아이들은 추운 줄도 모르고 여러 번의 큐 사인과 컷 사인에 집중하며 촬영에 임한다. 보호자로 따라온 엄마들만 안타까운 마음에 발을 동동거릴 뿐이다.

아들이 지금은 비록 고달프고 힘들지라도 사극과 시대극을 체험하며 마음의 키를 무럭무럭 키워갈 것이다.

그리움의 흔적들

흉터

　"현명이 엄마! 아이가 차에 다쳤어요." 밖으로부터의 다급한 목소리. 통화 중이던 난 마음이 철렁 내려앉아 수화기를 내팽개치듯 내려놓고 밖으로 나온다. 아이를 업고 허둥대며 들어오는 이는 몇 해 전까지, 나의 집에 여러 해 동안 세 들어 살았던 지인이다. 아들은 머리부터 웃옷에까지 피와 땀으로 범벅이다. 길옆에 세워 놓은 트럭에 이런 모습으로 울고 있더란다. 주택가임에도 차량이 쉴 새 없이 다니니 늘 마음이 놓이질 않던 터다. 다행히 지나는 차에 다친 것 같지 않아 일단은 안심이다. 그에게 고맙다는 인사를 연신 건넨다. 아이는 한 시간 전에 탱탱 볼을 가지고 놀이터로 갔다. 아들에게 상황 설명을 들어보니 공이 차바퀴 밑으로 굴러가니, 그걸 꺼내려다 그만 차 모서리에 머리정수리 상처를 냈던 것이다. 상처자리는 이미 지혈이 되어 있다.

아이는 상처의 아픔보다 피가 많이 흐르니 더 놀란 듯하다. 병원에는 가지 않아도 되겠다. 아이를 안심시킨다. 욕실로 데려가 깨끗이 씻긴 후 상처부위에 상비약을 발라준다. 피로가 몰려오는지 아이는 곧 곤한 잠에 빠져든다. 운동량이 왕성한 시기인지라 짬만 나면 밖으로 향한다. 매번 뒤따라 다닐 수가 없어 조심하라는 말만 할 뿐이다. 차량의 홍수로 아이를 마음 놓고 키울 수 없는 것이 현실이다.

곤한 잠에 빠져든 아이를 내려다보니 삼 년 전 일이 엊그제 일처럼 되살아난다. 이마의 흉터자리가 눈에 들어온다. 아들이 세 살 되던 때 일로 그날도 화창한 봄날이었다. 날만 밝으면 밖으로 향하는 아이를 뒤따라 밖으로 나온다. 아들은 뜰에서 돌멩이도 줍고 풀꽃도 뜯으며 자연과 곧 동화가 된다. 어린아이의 눈에 비친 모든 사물들은 호기심의 대상일 것이다. 한참 후 지하층에 세 들어 사시는 할머니가 나오신다. 늘 귀여워하시는 할머니는 아이 곁으로 다가가신다. 문득 주방 일을 마저 끝내야겠다는 생각에 아이를 잠깐 부탁드린다. 얼마 후 "애기 엄마" 할머니의 다급히 부르는 소리가 들린다. 뒤이어 아이의 울음소리에 난 급히 밖으로 향한다. 할머니는 당황해하시며 아이의 이마 상처자리를 감싸고 계신다. 돌부리에 넘어져 이마를 다쳤던 것이다. 피가 많이 흘러내린다. 할머니는 많이 미안해하신다. 외려 심려를 드린 것 같아 죄송하다. 그날 아이는 병원에 데려가 여러 바늘을 꿰맸다. 이마의 흉터를 볼 때마다 그날의 일이 떠오른다. 어린아이들은 한시도 눈을 뗄 수가 없다. 언제 어떠한 일이 생길지 모르기 때문에….

아들의 모습에서 나의 성장기 사건 하나가 떠오른다. 지금도 내 왼손 검지 첫째마디에 흉터자리가 남아 있다. 내 나이 세네 살쯤의 일이다. 희미한 기억의 한 단면처럼 늘 머릿속에 각인되어 있다. 그때 농촌에는 봄철이면 논바닥을 기름지도록 녹비로 자운영을 재배하였다. 들판은 온통 초록 카펫에 홍자색 꽃들이 어우러져 바람결에 일렁였다. 둑길을 걸을 때면 우리의 시선은 곧 그곳에 꽂히곤 하였다. 꽃 속에 묻혀 소품들을 만들었다. 목걸이 머리핀 등등…. 그 사건이 생긴 날은 저녁나절 석양이 질 무렵이다. 오빠들 중 넷째오빠는 그날도 여느 날과 다름없이, 몸집만큼이나 식욕도 왕성한 소먹이를 준비하기 위해 마당가에 작두를 놓고, 들녘에서 베 온 풀들을 한 아름씩 썰고 있었다. 곁에서 조용히 지켜보던 나는 여러 가지 이름 모를 풀꽃들이 썰

려 나가는 것이 신기하게 느껴졌던지, 순간 살포시 고개 내
민 홍자색 빛 자운영 꽃에 시선이 꽂혔다. "오빠 나 저-꽃
줘." 왼손은 어느새 작두날에 가 있었고, 순간 당황한 오빠
는 작두날을 번쩍 들어올렸다. 난 자지러질 듯 울었고 울음
소리에 놀라 부엌에서 분주히 일을 하던 어머니와 큰올케
언니가 뛰어나왔다. 쑥과 거즈 등으로 응급처치를 하였다.
그 후의 장면은 끊긴 필름처럼 기억에 없다. 부모님이 들려
준 얘기로는 마을에 무허가로 의술을 펴던 분에게서 여러
날 치료를 받았다고 한다. 그 당시 촌락에는 병원은 너무
멀어 웬만한 상처나 병은 민간요법이나 그런 분들에 의지
할 수밖에 없었다. 늘 술에 취해 있는 듯하던, 그분에게서
치료를 받던 여러 날 동안 부모님의 마음은 늘 불안의 연속
이었다고. 그래도 "그 사람이 너의 은인이여" 하시던 아버
지의 말씀이 떠오른다. 상처가 아물 때까지 낮에 곧잘 놀다
가도 밤이면 보채고 울어, 부모님의 마음을 아프게 하였다
는 딸자식인지라 더 걱정이 많으셨을 것이다. 내리사랑이
라고 자식에 대한 부모의 마음은 한결같다.

부모는 자식을 큰사랑으로 노심초사하며 키워낸다. 그
러한 부모님의 마음을 자식들은 얼마큼 헤아리며 사는지!

그리움의 흔적들

뒤늦은 깨달음으로 편안히 잠든 아이를 내려다본다. 늘 소중한 존재인 자식들. 아들아! 훗날에 또 넘어지고, 깨지고, 상처가 생기더라도 오뚝이처럼 박차고 일어나, 건강한 신체와 정신을 늘 지닐 수 있기를 기도한다.

사랑한다. 아들아!

그리움의 흔적들

숲길

아스팔트길을 벗어나 물기가 촉촉한 흙길로 접어든다. 조붓한 오솔길로 이어지는 산책로. 그늘을 드리운 푸른 잎들을 앞세워 싱그러운 인사를 건넨다.

새들의 경쾌한 리듬으로 내딛는 발걸음이 가볍다. 어느새 난 조순한 자연이 되어간다. 맘을 따뜻하게 다독여줄 것 같은 숲길, 넓은 품이 편안하다.

잔바람에 하르르 쏟아져 내리는 꽃잎처럼 삶의 시름이 한 올씩 풀어져 내린다. 웅크렸던 몸이 꼿꼿하게 일어선다. 앙증맞은 들꽃들의 눈 맞춤이 환하다.

풋풋한 향기에 취해 분위기 좋은 카페가 있는 길로 천천히 발걸음을 옮긴다. 꼭 반가운 누군가를 만날 것 같아서. 흘려버린 지난 시간을 길어 올리듯 두근거리는 가슴을 안고 걷는다.

숨 가쁘게 달려온 일상의 거친 호흡이 가라앉는다. 쪽동백나무, 떡갈나무, 소나무를 든든한 동반자로 내 삶의 여백에 그려넣는다. 한 번쯤 흔들려도 좋을 봄날, 가족들의 고른 숨소리를 너그럽게 받아줄 마음을 가지고 집으로 돌아가기 위해 바람소리 새소리 속에 내 삶의 쉼표를 찍는다.

행복을 부르는 주문

권선복

이 땅에 내가 태어난 것도
당신을 만나게 된 것도
참으로 귀한 인연입니다

우리의 삶 모든 것은
마법보다 신기합니다
주문을 외워보세요

나는 행복하다고
정말로 행복하다고
스스로에게 마법을 걸어보세요

정말로 행복해질것입니다
아름다운 우리 인생에
행복에너지 전파하는 삶 만들어나가요

더 밝은 내일

소박하면서도 단아한 삶의 성찰

권선복 | 도서출판 행복에너지 대표이사

한국화의 아름다움은 여백과 그림의 조화, 검은색과 흰색의 조화에 있다고 이야기됩니다. 과하게 화려하지 않으면서도 부족하여 남루하지도 않은 아름다움, 자연스러우면서도 우아한 꾸밈새야말로 한국화가 여타 다른 장르와 비교해서 가지는 특유의 미(美)라고 할 수 있을 것입니다. 그리고 평생을 종갓집의 맏며느리로서 살면서 겪은 삶의 궤적을 담아낸 이근옥 저자의 에세이, 『그리움의 흔적들』에서 느껴지는 향기 역시 한국화의 소박하면서도 단아한 아름다움과 같은 종류의 느낌입니다.

이근옥 저자가 "지난 삶을 추억하며 다시 되돌리듯, 사십, 오십 대에 기록처럼 써놓은 시와 수필을 활자화해 엮은," 이 책은 저자가 평소 생각하는 삶의 가치와 생각을 솔직담백하게 풀어 놓으면서 독자 분들의 공감을 불러일으킬 수 있을 것입니다. 또한 결코 평탄하지만은 않았던 종갓집 며느리로서의 삶 속에서 항상 마음의 기둥이 되어 주셨던 부모님, 든든한 울타리가 되어 주었던 시부모님, 영원한 동반자인 남편과 자녀들, 사랑하는 혈육과 동기들 등 지지와 위로가 되어 주었던 사람들에 대한 깊은 애정을 보여 주면서 우리에게 진정으로 소중한 것이 무엇인지 다시금 생각할 수 있는 기회를 제공할 것입니다.

'행복에너지'의 해피 대한민국 프로젝트!

도서출판 **행복에너지**

〈모교 책 보내기 운동〉 〈군부대 책 보내기 운동〉

한 권의 책은 한 사람의 인생을 바꾸는 힘을 가지고 있습니다. 한 사람의 인생이 바뀌면 한 나라의 국운이 바뀝니다. 그럼에도 불구하고 많은 학교의 도서관이 가난하며 나라를 지키는 군인들은 사회와 단절되어 자기계발을 하기 어렵습니다. 저희 행복에너지에서는 베스트셀러와 각종 기관에서 우수도서로 선정된 도서를 중심으로 〈모교 책 보내기 운동〉과 〈군부대 책 보내기 운동〉을 펼치고 있습니다. 책을 제공해 주시면 수요기관에서 감사장과 함께 기부금 영수증을 받을 수 있어 좋은 일에 따르는 적절한 세액 공제의 혜택도 뒤따르게 됩니다. 대한민국의 미래, 젊은이들에게 좋은 책을 보내주십시오. 독자 여러분의 자랑스러운 모교와 군부대에 보내진 한 권의 책은 더 크게 성장할 대한민국의 발판이 될 것입니다.

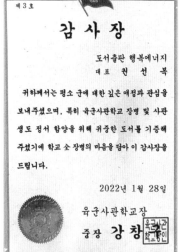